AF347286

Diego Tonini

Nella botte piccola ci sta il vino cattivo

I edizione cartacea: luglio 2016

© tutti i diritti riservati

Nativi Digitali Edizioni snc

Via Broccaindosso n.16, Bologna

ISBN: 978-88-98754-60-1

www.natividigitaliedizioni.it

info@natividigitaliedizioni.it

Disegno in copertina a cura di

Valentina Lentini

Indirizzo e-mail: vale.lent@gmail.com

A mio papà

per tutte le cose che mi ha insegnato

e per quelle che ha lasciato imparassi da solo.

Un Brutto Risveglio

Aprii gli occhi perché mi sentivo come se qualcuno stesse pungolandomi la schiena con un forchettone da barbecue, e quello che vidi era decisamente peggiore del mio solito panorama mattutino. Stavo disteso su un fianco sopra una panca dura e fredda, e la mia faccia era a pochi centimetri da un culo peloso così largo da riempirmi completamente il campo visivo. Emisi il mio primo respiro da sveglio e fu una pessima idea, perché annusare la puzza del padrone di quel culo era anche peggio che guardarlo. «Ehi, ippopotamo, sposta il tuo posteriore dalla mia faccia,» cercai di dire, ma la mia voce impastata non suonava minacciosa come era nelle mie intenzioni.

L'uomo mi ubbidì ugualmente ma con un po' troppo zelo perché, oltre ad allontanare il culo dal mio naso, ritenne opportuno anche afferrarmi per il bavero della giacca – ero andato di nuovo a dormire vestito, cazzo – e sbattermi contro le sbarre che si trovavano accanto a me con tanta forza da farmici quasi passare attraverso. Picchiare la schiena contro del solido acciaio appena svegliato porta comunque due effetti positivi: ti rende immediatamente lucido e ti fa capire che probabilmente hai passato la notte in una cella. Mi rimaneva solo da capire come ci ero finito.

Strizzai gli occhi alla luce dolorosa del neon, masticai a vuoto un paio di volte e afferrai i polsi dell'uomo che mi teneva sollevato contro le sbarre. «Siamo partiti col piede sbagliato,» dissi, e lo guardai. Era giallognolo, con la barba lunga e un ghirigoro di cicatrici mal nascoste dai capelli rasati. Mi teneva sollevato ad una trentina di centimetri da terra e i miei occhi erano all'altezza dei suoi, piccoli e scuri, infossati nel cranio, come quelli di un animale abituato a lottare a suon di testate. La bocca era larga e asimmetrica, i denti ricordavano quelli di una iena. Anche l'alito probabilmente era simile a quello di una bestia che aveva appena mangiato, per quanto non avessi mai provato ad annusare il fiato di una iena.

Sembrava che tenermi sollevato non gli costasse nessuna fatica, le sue braccia scure e pelose non tremavano nemmeno mentre mi osservava agitare i piedi a mezz'aria emettendo una specie di basso ringhio. «Non volevo offendere il tuo culo,» dissi cercando di divincolarmi dalla sua stretta, e lui mi sbatté di nuovo contro le sbarre con tanta forza che per un attimo pensai venissero giù.

Quando, dopo interminabili secondi, ritrovai il respiro, continuai: «Sai, stavo sognando il culo di una bella figa, e quando mi sono svegliato mi sono ritrovato davanti il tuo, che è un po' troppo peloso per i miei gusti.»

Riuscii a strappargli quello che sembrava un sorriso e allentò leggermente la presa. «Puoi per favore mettermi giù?» Gli dissi.

L'idea di tirargli una ginocchiata sulle palle e poi una sul naso mentre mi lasciava andare e si piegava in avanti dal dolore era allettante, ma non ero sicuro di riuscire a mettere giù quella montagna di ciccia, e la sua reazione non sarebbe stata certo salutare per me.

E poi ero stanco. E mi faceva male la testa. E non avevo ancora fumato la mia sigaretta del mattino.

Il bidone di lardo esitava, ma non mi mollava. «Senti, ho così voglia di fumare che mi farei una sigaretta anche con la tua foto segnaletica,» dissi, «se mi lasci andare riesco a prendere il pacchetto che ho in tasca e te ne offro una.»

Nessuna reazione. Non avevo usato la leva giusta.

A quel punto l'ipotesi della ginocchiata si faceva sempre più vicina, poi un lampo di consapevolezza mi illuminò: «Una merendina?»

Un lampo di avidità attraversò i suoi occhi porcini: «Di che tipo?» «Doppio biscotto ricoperto di caramello e cioccolato.»

La sua fronte bassa sembrò accartocciarsi nello sforzo di comprensione, poi senza dire una parola mi lasciò andare. «Adesso dammi la merendina,» grugnì minaccioso, torreggiando sopra di me.

Ero finito col culo per terra, preso alla sprovvista dall'improvviso ritorno della gravità. Mi appesi ad una sbarra e mi sollevai a fatica, con la schiena che brillava di fitte dappertutto, maledette brande delle galere. Frugai nella tasca interna e trovai sigarette e fiammiferi, che per fortuna erano sfuggiti alle mani lunghe dei piedipiatti che mi avevano portato dentro, me ne accesi una e la giornata cambiò leggermente in meglio. Il ciccione mi riafferrò e avvicinò la sua bocca fetida alla mia faccia. «Allora, questa merendina?» latrò.

Risposi tenendo la sigaretta con l'angolo delle labbra: «Un attimo, Ciccio.»

Presi il dolcetto che avevo in tasca e glielo lanciai come si buttano gli avanzi ai cani randagi. Lui mi lasciò, cercò invano di prenderlo al volo, barcollò fino a dove era caduto e si piegò ansimando a raccoglierlo, lasciando che la fessura tra le sue chiappe pelose sporgesse fuori dai pantaloni. Mi voltai per non vomitare di fronte allo spettacolo e mi dedicai alla mia sigaretta. Prima che facessi l'ultima boccata si era mangiato tutto il dolcetto e mi fissava leccandosi le dita sporche degli ultimi rimasugli di cioccolata. «Non è che ne hai un'altra?» disse, «Non mangio da ieri a pranzo.» «No,» risposi, «solo sigarette.»

Fece una smorfia di disgusto e delusione e disse: «Non fumo, fa male alla pelle.» «Se lo dici tu,» risposi, e me ne accesi un'altra sfregando il fiammifero sul muro di mattoni dietro di me. «Perché sei qui?» mi chiese. «Inseguivo un bastardo in un vicolo e non mi sono accorto che aveva un complice nascosto nel buio,» dissi, «tutto quello che mi ricordo è un forte dolore alla testa, poi mi sono svegliato con la faccia contro il tuo culo.» «E perché lo inseguivi? Non sarai mica uno sbirro?» «Ti pare che se fossi un poliziotto mi avrebbero messo dentro?» risposi, «E tu che ci fai qui?» «Ho ficcato uno a testa in giù dentro il bidone dell'umido.» «Beh, almeno fai la raccolta differenziata,» mormorai, poi, a voce alta, «ti aveva fatto incazzare?» «Certo, mi ha fatto cadere le patatine!» «Logico.» dissi tra me e me.

Alla terza sigaretta decisi che era ora di uscire da quel buco e bere un caffè. «Guardia!» urlai, «Fammi parlare col commissario, o almeno fammi fare la mia cazzo di telefonata!»

Passi e rumore di chiavi che sbatacchiano contro la cintura. «A chi vorresti telefonare, Carpenter, che sei solo come un cane rognoso?» «Mahoney, è sempre un piacere vederti. Come sta tua moglie? L'ultima volta che l'ho vista era parecchio in forma.»

Si avvicinò alle sbarre con un ghigno stampato in faccia, poi sentii il manico del manganello che si conficcava dritto dentro il mio stomaco. «Dicevi? Non ho sentito bene.» Quel ghigno sempre dipinto sulla faccia. «Nulla.» tossicchiai piegato in due, la saliva che mi colava dal labbro e gocciolava sulle scarpe lucide di Mahoney. Si avvicinò, infilò la chiave nella toppa e aprì leggermente la porta, tenendo la mano destra sempre sul manganello.

«Che hai Carpenter, un attacco di mal di pancia? Preferisci che ripassi più tardi?» «No, dammi solo un attimo.»

Mi tirai su aggrappandomi alle sbarre, poi, tenendo la mano sullo stomaco, mi avvicinai al ciccione che mi guardava ridacchiando a braccia conserte. «Arrivederci, Jumbo,» gli dissi, e gli mollai un sinistro al fegato che lo fece cadere in ginocchio. «E non azzardarti più ad appendermi alle sbarre.»

Mi voltai e uscii dalla cella prima che riuscisse a riprendersi dal pugno e massacrarmi di botte, con Mahoney che mi osservava nervoso, la mano pronta sull'arma. «Dai muoviti, coglione, che il commissario vuole vederti,» disse mentre mi spingeva lungo il corridoio illuminato dai neon. «Ah sì? Forse il vecchio Duncan ha bisogno del mio aiuto per risolvere un caso,» risposi, «come sta? È una vita che non lo vedo.» Gli mostrai il pacchetto di sigarette. «Non si può fumare qui dentro,» disse, e io me ne accesi una.

Mahoney mi scortò fino ad una porta chiusa, bussò e l'aprì immediatamente, poi mi spinse dentro senza dire una parola. «Arrivederci, Chris, e ossequi alla signora,» dissi mentre richiudeva la porta.

Sorrisi, osservando l'odio illuminare il suo sguardo; la prima regola del buon investigatore privato è avere quanti più amici si può al dipartimento, e io stavo facendo di tutto per farmi odiare là dentro, ma a me le regole non sono mai piaciute.

Il commissario stava in piedi di fronte alla finestra, guardando fuori. Un bicchiere di plastica fumava sulla scrivania, accanto alla targhetta *Duncan Lafitte, commissario.* «Siediti, Vince, e butta quella sigaretta.» Mi disse senza girarsi.

Comincia A Raccontare

«Sai che ora è?» «Buongiorno anche a te, Duncan, ti vedo bene dopo tutto questo tempo,» dissi. «Come vanno le cose?» «Zitto, Carpenter.»

Si girò verso di me e poggiò i palmi sulla scrivania. «Sono le sei e tre quarti, hai idea di cosa vuol dire?»

Assunsi l'espressione più angelica che riuscivo a fare e gli dissi: «Che sei una persona mattiniera?»

Sbatté la mano sul tavolo, qualche schizzo di caffè saltò fuori dal bicchiere. «Significa che mezza città è impazzita per un attacco di vandalismo diffuso, che ho passato la notte in ufficio, che indosso gli stessi vestiti da ieri mattina, e quindi le uniche cose che voglio sono andare a casa a fare una doccia e una dormita. Non sono proprio in vena di ascoltare le tue solite cazzate, perciò farai bene a dirmi come sei finito a dormire in mezzo all'immondizia in un vicolo di fianco a un sacco pieno di teste di nanetti da giardino.» «Nanetti da giardino? E da quando il commissario capo del primo distretto si occupa di vandalismi?» chiesi. «Da quando qualche coglione drogato è entrato nel giardino del sindaco e si è messo a giocare a golf con la sua preziosissima collezione di nani fatti a mano da un ceramista italiano.» «Vedo che la fiducia delle istituzioni nel suo uomo di punta per la lotta al crimine è aumentata,» dissi ridacchiando.

La vena sulla fronte di Duncan si gonfiò prima che lui esplodesse urlandomi in faccia: «Non pigliarmi per il culo, Carpenter, e raccontami cosa c'entri tu con questa storia o quant'è vera la patacca che ho sul taschino ti accuso di tutto il casino che è successo in città stanotte e ti ributto in quella cella finché non mi passa l'incazzatura, e sta sicuro che non succederà mai!»

Urlando, gesticolava furiosamente e fece cadere il caffè sul pavimento, schizzandosi i pantaloni; curiosamente, questo sembrò calmarlo anziché infuriarlo ancora di più e si sedette, appoggiando la fronte sulla mano. «Dammi un caffè e ti racconto pure di quando quel puttaniere di mio padre mise incinta mia madre, dissi.»

L'ispettore mi guardò come se puzzassi – cosa probabilmente vera – e mi disse: «Vince, non fare il duro con me, conosco i tuoi genitori e se non vuoi che li chiami e racconti cosa dici in giro di loro, farai bene a essere più educato quando ritorno,» e sparì oltre la porta.

Ricomparve dopo qualche minuto con due caffè in bicchieri di plastica e un tono più conciliante. «Ti avevo detto di buttare quella sigaretta,» disse, poi ne prese una dal mio pacchetto, la accese con uno Zippo che aveva nel cassetto e cominciò, sbuffandomi il fumo in faccia: «Da quanto tempo ci conosciamo, Carpenter, quindici, vent'anni?» «Comunque troppi,» risposi.

Si alzò dalla sedia e picchiò il palmo sul tavolo di lamiera. «Adesso mi hai proprio fatto incazzare.»

«Tranquillo, Duncan,» cercai di blandirlo, «volevo solo stemperare la tensione.»

«Smettila di stemperare e canta, canarino» disse appoggiando la schiena al muro e mettendo le mani in tasca.

Sorso di caffè, pausa, e boccata di sigaretta per creare un po' di suspense.

Duncan fece rotolare la sedia di acciaio con un calcio. «Sbrigati, pezzente!»

«Ok, ok, ma non scaldarti tanto» dissi, e cominciai a

raccontare. «Questo è un periodo fiacco e clienti se ne vedono pochi, sai la crisi colpisce anche noi investigatori.» «Sì, la crisi è proprio la causa di tutti i tuoi problemi,» mi interruppe.

Io feci finta di non sentire e continuai: «Quindi ieri stavo cercando delle fonti alternative di guadagno.» «E su che cosa ti stavi concentrando, di preciso?»

Risposi a mezza voce: «Avevo avuto una soffiata sicura su Aiutante di Babbo Natale vincente nelle terza corsa e stavo andando al cinodromo per piazzare qualche scommessa.» «Corse truccate, iniziamo bene.» «Non proprio truccate… insomma, vuoi che ti racconti la storia o hai deciso di incriminarmi?» «Vai avanti,» disse, «ma delle corse truccate riparleremo.»

Sospirai. «Avevo ricevuto questa soffiata e non volevo lasciarmi sfuggire l'occasione,» continuai, «però ero un po' a corto, quindi chiesi un piccolo prestito a certe persone.» «Quali persone?» «Andiamo, Duncan, non penserai davvero che venga a spifferarti i nomi?» «Ok. Quanto?» «Millecinquecento.» «Hai piazzato scommesse per millecinquecento verdoni?»
Alzai le spalle: «Ero sicuro di vincere.»

Lafitte abbozzò un sorriso e disse: «Invece?»

Risposi con una smorfia: «Invece la soffiata era falsa e ho perso tutto, e quel che è peggio quelli che mi avevano prestato i soldi li rivolevano entro fine giornata con il dieci percento di interesse.» «Non mi sembra un buon affare,» disse Lafitte sorseggiando il suo caffè. «Lo sarebbe stato se Aiutante di Babbo Natale avesse vinto, lo davano sette a uno, invece si è perfino fermato a pisciare mentre correva.» «E allora i tuoi amici strozzini hanno minacciato di tagliarti un dito per ricordarti che i debiti vanno pagati.» «In realtà era un testicolo, ma hai centrato il punto,» e mentre glielo raccontavo ebbi un moto di terrore al pensiero del coltello che mi avrebbe affettato se non avessi trovato quei soldi in fretta.

Lafitte mi squadrò, poi disse: «Visto che sembri ancora tutto intero deduco che non siano stati loro a lasciarti nel vicolo.»

Restituii lo sguardo e risposi: «Vedi che se ti hanno fatto commissario un motivo c'è?»

Duncan mi fulminò con gli occhi, ricordandomi che non era famoso per il suo senso dell'umorismo, e mi disse: «Vieni al punto.» «Dopo aver diluito la rabbia con un paio di birre al bar del cinodromo, decisi che dovevo insegnare allo Spifferone che farmi questo genere di scherzi non gli faceva bene alla salute, quindi andai a cercarlo con le mani piene di propositi educativi, ma prima mi fermai da Bunny perché la rabbia si era diluita troppo e mi serviva un buon whiskey per darmi la carica.» «Tralascia la tua dipendenza dall'alcol e vai avanti, per favore,» disse sospirando. «Feci qualche giro nei posti che frequenta abitualmente e alla fine lo trovai che faceva il gioco delle tre carte a dei marinai ubriachi. Mi avvicinai, ma quando mi vide lanciò in aria le carte, rovesciò il tavolino verso di me e scappò di corsa. Lo inseguii per le strade, correva come scappasse dal diavolo in persona, quel coniglio, poi si infilò nel vicolo dove mi hai trovato. Respiravo come stessi per sputare i bronchi, però sapevo che il vicolo era senza uscita e che ce l'avevo in pugno, quindi avanzai sicuro di me. Lui mi guardava e piagnucolava cose senza senso, dicendo che non era colpa sua, che anche lui era una vittima, ecc. ecc. Ero così sicuro di dargli una bella lezione che non sono stato abbastanza cauto e mi sono fatto fregare come un pivello, doveva avere un compare nascosto tra i bidoni perché l'ultima cosa che ricordo prima del mio dolce risveglio come tuo ospite è un gran male alla nuca.» «Quindi non hai idea di chi ti abbia colpito, e perché?» «Te l'ho detto, sarà stato un compare dello spifferone che voleva parargli il culo.»

Lafitte fece una smorfia. «Ti risulta che lo Spifferone abbia mai fatto coppia con qualcuno?» disse. «Ora che mi ci fai pensare, hai ragione, lo Spifferone sospetta perfino della sua ombra, figuriamoci se si mette a lavorare con un compare.» «Sei proprio sicuro di non essere scivolato e aver battuto la testa? Con tutto l'alcol che avevi in corpo non è una possibilità così remota.» disse, accartocciando il bicchiere e tirandolo nel cestino all'angolo della stanza. «Duncan, la botta in testa l'ho sentita prima di cadere per terra,» risposi. «Se lo dici tu,» fece Lafitte, poco convinto. «Sì, lo dico io, e se c'è una cosa che so fare è giudicare quanto alcol posso reggere.» «E dei nanetti cosa sai dirmi?» «Quali nanetti?» «Ti abbiamo trovato abbracciato ad un sacco pieno di nanetti da giardino fracassati.» «Che vuoi che ne sappia io dei nanetti da giardino, forse qualcuno avrà improvvisamente ritrovato il buon gusto, li avrà buttati e io ci sarò caduto sopra quando ho perso conoscenza.» «Non giocare con me, Carpenter, per ora sei l'unico sospettato.»

«Sospettato di cosa? E perché poi sei tanto interessato a questi fottuti nanetti da giardino?» «Perché da due giorni ho metà degli uomini impegnati a rispondere a chiamate di rispettabili cittadini che si trovano i loro nanetti da giardino distrutti, e non ne posso più, voglio beccare il tipo che sta facendo tutto questo casino, incriminarlo per qualcosa, metterlo dentro e dimenticarmi di lui.» «E per cosa vuoi incriminarlo? Buon gusto colposo?» «Se ti pagassero per il pessimo sarcasmo a quest'ora saresti ricco sfondato, Vince.» «Invece sono in bolletta, non ho una casa con giardino e non so niente di questa storia,» dissi, «quindi se il commissario gentilmente vuole lasciarmi tornare a casa...» «Sei libero di andare, ma potremmo avere ancora bisogno di te, quindi non lasciare la città,» disse.

Scattai sull'attenti e dissi: «Sissignore!»

Lui bofonchiò qualcosa che non capii, poi fece un gesto con la mano e mi disse: «Sparisci.» «Arrivederci, commissario Lafitte,» dissi, e mi avviai, poi una volta sulla porta mi girai e gli chiesi: «Non è che per caso puoi pagarmi il taxi? Sai, con quella storia del cinodromo sono rimasto a secco.» «Ti faccio portare da un'autopattuglia che prende servizio dalle tue parti.» «Ok, ma è meglio che mi lasci a un paio di isolati, ai miei vicini gli sbirri stanno simpatici come la canna di un revolver su per il culo.»

Messaggi Anonimi

«Lasciami qui, grazie.»

L'auto si fermò nel parcheggio semivuoto, lo sbirro che non guidava scese, infilò il manganello nell'occhiello alla cintura e aprì la portiera dal mio lato. «Spero la corsa sia stata di suo gradimento, Mr Carpenter,» scherzò.

Risposi: «Certo Murphy, il tuo taxi è sempre il migliore,» e lo salutai toccandomi il cappello.

Mentre mi allontanavo lo sentii urlare: «La prossima volta guardati le spalle, anche le testacce dure come la tua si rompono, a furia di bastonate.»

Alzai il dito medio senza voltarmi ed entrai nel minimarket di fronte a me, chiusi la porta e mi girai ad osservarli attraverso la vetrina: misero in moto, uscirono dal parcheggio e svoltarono a destra. «uno, due, tre...» contai sottovoce.

Arrivato al settantacinque, li vidi tornare e parcheggiare di fronte al caffè sulla strada di fronte.

'Stronzetti prevedibili', pensai. «Amici suoi, Mr Carpenter?»

Mi girai, e vidi Prabhat che stava con i gomiti appoggiati al bancone, indicando con il mento in direzione dell'autopattuglia. «Non proprio.»

Fece una smorfia. Ero un suo buon cliente, tutto quello che guadagnavo e che non mi giocavo alle corse dei cani o mi bevevo al bar di Bunny lo spendevo da lui, ma avevo anche la tendenza a farmi seguire a poca distanza dai guai, e lui questo lo sapeva bene. «È venuto qualcuno a cercarla, un paio d'ore fa,» disse dopo qualche secondo.

Appunto. «Ma non avevano la divisa. Completi economici. Occhiali scuri. Catene d'oro al collo. Puzza di sudore e sigarette.»

Merda. «Ferro nascosto sotto la giacca.»

Ancora più merda. «Tu non gli hai detto dove abito, vero?» Chiesi. «Questo è un minimarket, non un ufficio informazioni.»

Feci un mezzo sorriso. Bravo Prabhat. «Ma la troveranno lo stesso, Mr Carpenter.» «Lo so, ma volevo farmi un paio d'ore di sonno senza che nessuno mi rompesse il cazzo, prima di averci a che fare.»

Prabhat gestiva il minimarket da quando il vecchio Harvey si era preso una pallottola in una gamba da uno stronzetto di tredici anni che voleva rapinarlo. A quell'epoca lui era il garzone e nessuno gli dava un soldo bucato, pensavano tutti fosse solo uno scemo di immigrato che a malapena parlava la lingua. Invece era furbo e aveva anche studiato, e possedeva abbastanza soldi da parte per rilevare il negozio, cosa che fece non appena il vecchio decise che era l'ora di andare in pensione.

Anche come padrone, continuò a recitare la parte dell'immigrato scemotto che non parlava la lingua. Non ho idea del perché, forse gli piaceva, o forse aveva scoperto che così le persone parlavano tra loro come se non fosse lì, convinte che lui non le capisse, e lo mettevano involontariamente a parte di segreti che potevano essere usati come merce di scambio.

Io però l'avevo scoperto: anni prima, quando ero uno sbirro di pattuglia, ero passato di fronte al negozio e avevo notato un certo movimento all'interno. Sbirciando attraverso la porta avevo visto Prabhat che recitava la sua solita parte dell'immigrato di fronte a un balordo con un fucile a canne mozze. L'idea era quella di entrare di soppiatto e immobilizzare il rapinatore sorprendendolo da dietro, ma non mi ero accorto del campanellino sopra la porta. A quel punto il balordo si volta verso di me e mi punta il fucile, ma Prabhat coglie l'occasione per colpirlo alla testa con la cosa più pesante che aveva vicina, cioè l'edizione commentata dell'Ulisse di Joyce. Il tizio stramazza a terra sopraffatto dal peso della cultura e io lo arresto. Risultato: Prabhat nell'ansia di ringraziarmi si dimentica il personaggio svelando il suo segreto e io mi becco un encomio dal capitano. Da quel giorno Prabhat era diventato il mio fornitore ufficiale di birra, sigarette, sandwich preconfezionati e informazioni.

«Beh, allora è meglio che si sbrighi ad andare a casa,» disse, «quei due non ci metteranno molto a trovarla, lei è un tipo piuttosto conosciuto da queste parti.»

C'eravamo solo noi due nel locale e Prabhat non si preoccupava di mascherare la sua parlantina senza accento. «Lo so,» risposi, «ma prima ho bisogno di mettere qualcosa nello stomaco.» «Sempre il solito?» Disse, e appoggiò sul bancone un pacchetto di morbide, un cartone da sei di birre importate e quattro sandwich in una scatola di plastica trasparente. «Sì, e anche qualche informazione,» risposi, e allungai un cinquantone sul tavolo.

Si guardò intorno e con ostentata indifferenza mise la mano sopra la banconota e la tirò verso di sé. «C'è un certo movimento nel quartiere,» mi disse, «dei messicani hanno cercato di far installare le loro macchinette mangiasoldi nei bar della zona e Frankie Codadiporco è venuto a saperlo.» «E si è incazzato parecchio», aggiunsi. «Già, ha scatenato un bel trambusto per le strade, ma ora tutte le mangiasoldi dei messicani sono finite in discarica. Assieme a qualcuno di loro.» «Buon vecchio Frankie.» dissi, «Sempre pronto a dimostrare che è il più cazzuto.»

Prabhat fece un sorriso e proseguì: «La moglie di John il Dandy ha messo una ricompensa su chi le riporterà il marito.» «Ma lo rivuole ancora?» chiesi, «Se lo sanno tutti che è scappato con la badante di suo nonno.» «Anche lei, infatti lo cerca per suonargliele di santa ragione.» «Credo proprio che farò una visita alla gentile signora, potrebbe scapparci un ingaggio, o qualcosa di più divertente,» dissi, «domani però, oggi sono troppo stanco.» «Allora arrivederci, Mr Carpenter.»

Ero già sulla soglia quando Prabhat mi chiamò: «Dimenticavo, ha sentito dello Spifferone?»

Mi irrigidii e tornai indietro. «Sai dirmi dov'è quel maledetto coniglio bugiardo?» abbaiai, «ho un paio di conti da regolare con lui e quando lo prenderò lo gonfierò così tanto che se gli schiacci la pancia suonerà come una zampogna.» «Dovrà dargli una lezione durante l'orario di visite,» mi disse, «l'hanno internato alla clinica psichiatrica.» «E che cazzo ha combinato quella mezza tacca?» «L'altra notte si è messo a correre in mezzo alla strada urlando come un ossesso. 'Non è colpa mia,' diceva, 'mi hanno costretto, sono stati loro a farmelo fare, io non volevo.'» «E chi l'avrebbe costretto? A fare cosa poi?»

Alzò le spalle: «Vallo a sapere,» disse, «forse sono solo i deliri di un pazzo.» «Non ne sono convinto,» dissi, «voglio andare a fargli una visitina, tanto per assicurarmi che sia ammattito davvero e che non stia facendo finta per nascondersi da me.»

Prabhat allargò le braccia. «Tutto è possibile.» «Sai dove l'hanno ricoverato?» mi passò un foglietto con un indirizzo scritto a penna. «Grazie, Prabhat,» dissi, «posso uscire dal retro? Vorrei evitare che i due amigos là fuori mi stiano troppo appiccicati.»

Sorrise e aprì la ribaltina che separava il bancone dal resto del negozio, indicandomi il retrobottega. «Per di là.» «Sei un amico.» lo salutai con un cenno e uscii con la spesa sottobraccio.

Appena fuori guardai l'indirizzo: era a sette isolati più a Sud e la mia Gran Torino era parcheggiata di fronte all'ufficio, nel primo posto dove i due poliziotti che mi sorvegliavano sarebbero andati non vedendomi uscire dal minimarket. Non mi piaceva che gli sbirri mi ronzassero attorno, allontanavano i clienti, per quanto non ne vedessi uno da così tanto tempo che pensavo si fossero estinti, quindi accesi la prima sigaretta del pacchetto nuovo e cominciai a camminare.

Il sole picchiava come un martello pneumatico e la tentazione di scolarmi le birre lungo la strada era forte, ma facevo già abbastanza schifo ridotto com'ero, aggiungerci anche la puzza di alcol non mi avrebbe certo aiutato a sembrare un rispettabile signore in visita a un caro amico malato.

Quando arrivai all'ospedale gli aloni di sudore sulla camicia avevano oltrepassato anche la giacca e il trench, ma in corpo non avevo una sola goccia di alcol.

Il problema successivo era trovare la camera giusta: sicuramente non lo avevano ricoverato come Spifferone, e io non ricordavo il suo vero nome, anzi, probabilmente non lo avevo mai saputo.

Mentre mi aggiravo nel piccolo atrio cercando di farmi venire in mente quel nome, l'infermiera alla reception si avvicinò. «Buongiorno,» disse con aria poco amichevole. «Buongiorno,» ripetei, sfoderando la mia migliore approssimazione di un sorriso pieno di fascino. Non funzionò. «Ha bisogno di qualcosa?» disse senza cambiare espressione.

«Veramente sì, Henrietta,» dissi, cercando di leggere il cartellino che portava appuntato al camice. «Enrichetta.» «Prego?» «Enrichetta, il mio nome è Enrichetta.» e mi fece vedere il cartellino. «Mi scusi,» dissi chinando la testa. Avrei proprio dovuto scrivere un manuale sull'approccio alle donne: 'Non fate come me e avrete successo'. «Adesso che sa il mio nome, Mr...» «Carpenter, Vince Carpenter.» «Carpenter, vuole per cortesia dirmi cosa sta facendo qui?»

Mi grattai la nuca e dissi: «Vorrei far visita a un mio amico, ma non so il suo nome.» «È suo amico e non sa come si chiama?» disse mettendo le mani sui fianchi. «L'ho sempre chiamato col soprannome, per noi ragazzi è lo Spifferone.»

Piegò la testa da un lato e mi fissò come per prendermi le misure, sospirò e disse: «Almeno provi a descriverlo.»

Ci pensai un po' su e dissi: «Ecco, è affusolato. Sembra un animale, un levriero, sì sembra un levriero, ovviamente senza la coda.» «Un levriero?» «Sì, ha presente quei cani che si usano per le corse.» «Lo so cos'è un levriero, solo che non ho mai pensato ai pazienti come a cani... ma aspetti un attimo.» sembrò illuminarsi, «Ma certo, è Floyd Hollincraft,» disse, «l'abbiamo ricoverato ieri, sintomi di delirio paranoide.» «Posso vederlo?» «È nella 402, ma non credo che la riconoscerà, continua a ripetere che i diavoli rosa verranno a prenderlo,» disse, poi aggiunse: «Mi raccomando non lo faccia agitare, e se vede che si innervosisce ci chiami subito.»

Feci un cenno ed entrai in ascensore.

Trovata la camera, bussai ed entrai senza aspettare risposta; lo Spifferone era seduto sul letto e si abbracciava le ginocchia, guardandosi intorno e ripetendo convulsamente: «Non mi avranno, i diavoli rosa non mi avranno.» «Ehi, Spifferone, cos'è questa stronzata della pazzia?» dissi.

Fece un salto e si appoggiò con la schiena contro il muro. «Oddio, Carpenter,» disse, «non volevo, mi dispiace ma mi ha costretto.» «Chi ti ha costretto? Cosa non volevi fare?»

Si riparò la faccia con le mani e piagnucolò: «La corsa, sapevo che Aiutante di Babbo Natale non avrebbe mai vinto,» disse, «ora non picchiarmi, ti prego.»

Tirai un pugno al muro e urlai: «Ne ero certo! Maledetto traditore, ora tu mi dirai chi è stato!» «Mi ha detto che ne sarebbero venuti altri come lui, e che mi avrebbero portato via, e che l'unico modo per evitarlo era farti perdere quella scommessa.» «Chi ti ha detto questo?» «L'alieno.»

Misi le mani in tasca per non prenderlo a pugni. «Cioè un omino verde ti ha minacciato per farmi perdere la scommessa?» «Rosso. Era un omino rosso.» «E tu ti sei bevuto questa stronzata?» dissi. «Non lo so, mi ha offerto un paio di drink, mi sentivo confuso e quello che mi diceva mi sembrava perfettamente ragionevole; e poi mi ha dato cinquecento verdoni.» «Giuda, mi hai venduto per due spiccioli, e ti sei fatto pure drogare.» dissi, e mi avvicinai a pochi centimetri da lui. «Non mi picchiare, ti prego,» implorò. «Non ti voglio picchiare,» risposi, «però voglio che mi descrivi quest'omino rosso che ti ha pagato per farmi lo scherzetto della soffiata, e, già che ci siamo, voglio che mi dici chi mi ha dato una botta in testa mentre ti inseguivo nel vicolo.»

Due energumeni entrarono nella stanza e mi afferrarono per le braccia, trascinandomi lontano dallo Spifferone. «Che state facendo? Lasciatemi andare,» dissi, ma loro erano di tutt'altro avviso. Mi trascinarono fuori dalla stanza dove Enrichetta, l'infermiera, mi puntò il dito contro. «Che cosa crede di fare? Viene qui e spaventa un paziente? Ringrazi il cielo che la caccio solamente e non chiamo la polizia.»

Mi sbatterono fuori senza tanti complimenti, facendomi rotolare nel parcheggio assolato. «E non si azzardi più a molestare i pazienti,» disse Enrichetta mentre i due gorilla si battevano le mani come per ripulirsi dalla sporcizia che gli avevo lasciato addosso.

'Bene, Vince, fai progressi,' pensai, 'non ti avevano ancora sbattuto fuori da un ospedale.'

Alzai il medio in direzione delle porte a vetri mormorando un: «Vaffanculo, stronzi» tra i denti e mi incamminai.

Lo Spifferone, Floyd, era del tutto andato, oppure recitava meglio di De Niro, e non mi aveva detto granché, però ero riuscito comunque a sapere quello che volevo: qualcuno lo aveva pagato per darmi un'indicazione sbagliata e farmi perdere quella scommessa, qualcuno che sapeva che in quel modo mi sarei cacciato nei guai. Dovevo solo scoprire chi era stato.

Ormai era passato mezzogiorno, puzzavo di stalla e avevo fame. Nonostante questo mi venne da fischiettare: anche se avevo rimediato un paio di ammaccature di cui avrei fatto volentieri a meno, quella visita non era stata del tutto infruttuosa. Mi accesi una sigaretta e mi incamminai verso casa, desideroso di fare una doccia, mangiare i miei panini, scolarmi le birre e recuperare con una bella dormita la notte di merda che avevo passato in gattabuia.

Disteso in mutande sul divano di pelle, dopo la prima birra mi sentivo già meglio. Dopo la seconda non pensavo più agli strozzini che mi stavano cercando. Alla terza mi pareva che la stanza ondeggiasse leggermente. Mentre bevevo la quarta mi sembrò di vedere un ometto piccolo piccolo con un cappello rosso a punta che entrava in casa.

'Cazzo, non posso essere già ubriaco,' pensai, e provai ad alzarmi. Tutto girava, ma riuscii comunque a mettermi in piedi.

'OK, sono ubriaco,' mi dissi e barcollai verso la porta. Non c'era nessun omino col cappello a punta, ma una busta sul pavimento che non avevo notato entrando.

'Ho le traveggole,' pensai, 'quella botta in testa dev'essere stata più forte di quel che credessi.'

Con una fatica enorme mi accucciai per raccoglierla e mi sedetti alla scrivania. La aprii: dentro c'erano cinquecento bigliettoni e una lettera scritta a mano. Vedevo sfocato e mi girava la testa, ma riuscii comunque a leggerla. Diceva:

Gentile Mr Carpenter,
la prego di aiutarmi: la mia comunità, i Lil' Boyz, sta venendo frantumata da dei misteriosi assalitori, i miei compagni sospettano dei nostri rivali Flamingos e sono pronti a vendicarsi, ma io vorrei evitare lo scatenarsi di una guerra immotivata, per cui le chiedo di trovare il colpevole prima che la situazione degeneri. Consideri i contanti che troverà nella busta un rimborso per il disturbo e un invito ad accettare il caso.

Non c'era firma ed era stata consegnata a mano, quindi non avevo modo di risalire al mittente.

'Fossero tutti così i clienti,' pensai, 'abbastanza stupidi da mandarmi cinquecento verdoni per un caso senza lasciarmi nemmeno un numero di telefono per dirgli che lo accetto.'

Misi la busta con i soldi e la lettera nel cassetto della scrivania, poi tornai sul divano dove mi aspettavano le ultime due birre e mi addormentai.

Un altro Risveglio
di Merda

Sentii come un prurito al naso, tenendo gli occhi chiusi cercai di mandarlo via, grattandomi con la mano destra, ma cozzai contro qualcosa fuori posto. Era dura, liscia e fredda, e spingeva sulla mia narice destra. Era la canna di una 38. Dietro la pistola un paio di occhiali scuri che riflettevano la mia faccia assonnata. Odore di sigarette, rumori che venivano dal fondo della stanza. Abbassai gli occhi, un uomo in completo nero fumava seduto sul bracciolo, di fianco ai miei piedi, le sue scarpe marroni sopra il cuscino del divano. «Togli quelle scarpe di merda dal mio divano,» dissi con la voce impastata dal sonno e dalle birre. Lui mi mostrò il dito medio mentre il suo amico con la pistola premette di più la canna contro il mio naso. «Brutto risveglio, Vincent?» mi fece quello, sempre titillandomi il naso col revolver. Se c'è una cosa che non sopporto è la gente che mi chiama Vincent, a malapena lo tollero da mia madre. «Abbastanza,» risposi, «sentivo puzza di merda e quando ho aperto gli occhi ho visto che due stronzi giganteschi erano entrati in casa, pensavo fosse un sogno, ma uno dei due parla e agita il suo pistolone a cazzo, quindi credo proprio di essere sveglio.»

Scatto di un coltello a serramanico all'altezza dei miei piedi. «Attento a come parli, coglione.» «Allora anche l'altro stronzo sa parlare, vi mandano a scuola appena uscite dai culi?»

Vedevo la furia negli occhi dell'uomo col coltello, lo sentivo fremere attraverso il divano. «Metti via il coltello, Mortimer,» parole scandite ma calme, quello di fianco a me doveva essere il capo. «Quanto a te, Vincent,» continuò, «dovresti essere più cortese con gli ospiti, e soprattutto dovresti chiudere la porta di casa, la sera, altrimenti potresti fare brutti incontri al tuo risveglio.» Sorrise. «Quando le uniche cose di valore che possiedi sono una Ruger e i suoi piccoli amici di piombo non ti curi molto della sicurezza,» risposi, ricambiando il ghigno. «Sentito Randolph?» Disse quello vicino ai miei piedi, «Il coglioncello ha anche una pistola.» poi rivolto a me: «Perché non provi a usarla, pezzente, così mi dai una scusa per lasciarti un bel ricordino sulla faccia?» Di nuovo lo scatto del coltello. «Zitto, Mortimer. E tu Vincent, non fare scherzi.» «Tranquillo, Randolph, non voglio problemi,» dissi, mentre entrambi mi guardavano con sospetto, «e vorrei dimostrarvelo con un segno di pace.» Mortimer si grattò la testa.

Mi stiracchiai, stesi le braccia sopra la testa e sbadigliai. Inarcai la schiena puntandomi con le spalle e i piedi contro il divano, con i due che mi osservavano e la pistola di Randolph che ondeggiava a pochi centimetri dalla mia faccia. Piegai le gambe verso il corpo e infilai il braccio sinistro sotto il cuscino che avevo dietro la testa, poi scoreggiai. Ne mollai una di quelle che possono venire solo dopo una cena a base di birra e panini, di quelle fetide e rumorose. «Cristoddio che schifo!» Urlò Mortimer e saltò giù dal divano. «Sei marcio dentro!» Sbraitò, e si allontanò a passi pesanti. Randolph si voltò verso di lui. «Dove cazzo vai? Torna qua,» urlò, e per un istante si dimenticò di me e della pistola che mi puntava contro. Mi bastava. Con la sinistra afferrai la Ruger nascosta sotto il cuscino e la puntai contro Randolph, mentre con la destra gli strinsi il polso della mano armata e lo usai come appiglio per alzarmi. Lo spinsi sul divano, poi, sempre tenendogli il polso, mi alzai in piedi e gli piantai le dita tra l'ulna e il radio. Urlò di dolore, mi maledisse in tutti i modi che conosceva, ma mollò il revolver. «E adesso andatevene fuori dal cazzo,» abbaiai, la canna della pistola, la mia stavolta, puntata contro la testa di Randolph. «Non puoi spuntarla, Vincent, siamo due contro uno» disse fissando la 357 magnum dalla parte sbagliata. «Col cazzo! Io vicino a quella fogna non ci torno, veditela da solo,» urlò Mortimer dal fondo della stanza. «Vincent ti autorizzo ad ammazzarlo,» disse, «anzi lasciami andare che lo faccio io.»

Spinsi Randolph verso Mortimer e poi dissi: «Fai quel cazzo che ti pare, ma fallo fuori da casa mia.» Presi la sua pistola dal divano, svuotai il tamburo e gliela lanciai «Portati via il tuo ferrovecchio, ti venisse la voglia di ammazzarlo sul serio, il tuo socio.» «Questo al Boss non piacerà, Vincent, gli devi 1500 bigliettoni più gli interessi.» «Che fanno 1815, lo so,» risposi, «di' a Codadiporco che riavrà tutto entro fine settimana e che la smetta di mandarmi a casa dei pagliacci come voi se non vuole che ci scappi il morto.»

Mortimer fece uno scatto verso di me, ma la pistola puntata sui suoi gioielli di famiglia lo calmò all'istante. «Non riuscirai a colpirci tutti e due prima che ti disarmiamo,» ringhiò.

Feci un ghigno. «Sei disposto a rischiare?» Gli chiesi. Lui mi fissò con tutto l'odio di cui era capace.

Alzai la mira: «Se non sbaglio avevo detto di andare fuori dal cazzo, quindi muovetevi o vi apro una presa d'aria in fronte.» «Ci rivedrai ancora,» dissero in coro, poi sparirono oltre la porta. «Sì, su di un necrologio,» gli urlai mentre se ne andavano. «Stronzi maledetti,» mormorai, e mi accesi una sigaretta. Appoggiai la Ruger alla scrivania e mi lasciai cadere sul divano, il doposbornia e il simpatico risveglio cominciavano a picchiarmi in testa. Mi venne un'improvviso dubbio, mi alzai e tornai di corsa alla scrivania: il cassetto era aperto, le lettere erano ancora lì ma i cinquecento verdoni ovviamente erano spariti. «Maledetti stronzi,» urlai. Dopo la nostra chiacchierata amichevole, non potevo sperare certo che li avrebbero dati a Codadiporco come anticipo, non dopo quello che era successo, così mi ritrovavo con cinquecento bigliettoni in meno e un giorno di interessi in più. Avevo bisogno di bere, e come al solito il mio frigo era più deserto della Valle della Morte. Guardai l'ora: le dieci e venti, sicuramente Bunny aveva già aperto. Feci per uscire, ma pensai che prima sarebbe stato meglio mettermi i pantaloni.

Il sole picchiava e mi faceva sudare dentro il trench. Strizzai gli occhi che mi bruciavano per il riverbero sul cemento, asciugai il sudore che colava da sotto il cappello e mi incamminai verso il bar. La frenesia dell'ora di punta era ormai scomparsa dalle strade e in giro rimanevano solo anziani e perdigiorno. Era un quartieraccio di brutti palazzi rattoppati alla bell'e meglio, ma qua e là resisteva qualche casetta con giardino, un ricordo dei bei tempi andati che permetteva alle brave casalinghe di passare qualche ora occupate, in attesa che i mariti tornassero dal lavoro o da qualsiasi cosa facessero durante la giornata.

Forse la chiacchierata con il commissario mi aveva suggestionato più di quello che pensassi, perché mi ritrovai ad osservare l'interno di ogni cortile davanti a cui passavo.

'Chissà perché la gente ama mettersi quegli orrori sul prato,' pensai, 'e poi non hanno nemmeno fantasia, questi nanetti sembrano tutti uguali; i fenicotteri poi sono ancora peggio, tutti rotti tra l'altro, con il collo che penzola.'

Ripensai di nuovo a Duncan e i suoi problemi con i vandali dei giardini.

'Non è affar mio,' mi dissi, anche perché ero arrivato al bar di Bunny.

L'interno del locale era in penombra a qualsiasi ora del giorno e le finestre avevano perso la loro funzionalità molti anni addietro. Dentro c'era sempre lo stesso odore di legno impregnato di birra e fumo, filtrato da un condizionatore che non veniva pulito da anni. «Ehi, Carpenter, qualcuno ha lasciato una busta per te,» mi apostrofò Bunny appena mi vide entrare; non c'era bisogno mi salutasse, stavo più lì che nel mio ufficio ed era abituato ad avermi sempre tra i piedi. «Una busta? Da parte di chi?» risposi avvicinandomi al bancone. «E io che ne so, mica sono il tuo segretario.» «L'avrai visto mentre te la portava.» «No, stavo lavando i bicchieri e quando mi sono girato ho visto sul bancone un nanetto da giardino con in mano una busta; l'ho presa, sopra c'era il tuo nome,» disse, e la fece scivolare sul bancone.

Era una busta semplice, bianca, senza nessun segno, a parte la scritta *per Carpenter* in stampatello svolazzante sul retro. 'Ancora nanetti,' pensai, 'è una persecuzione.' Poi chiesi a Bunny: «E il nanetto dov'è?» «E dove vuoi che sia andato, hai già bevuto? È proprio lì, dove l'ho trovato,» rispose e indicò il lato del bancone più lontano dalla porta.

Mi girai. «Dove? Non vedo un cazzo,» dissi. «Ehi, ma è sparito,» rispose, «dov'è finito?» «Sarà entrato qualcuno e avrà deciso che stava bene sul suo portico.» «Non è possibile, tu sei il primo cliente della mattina.» «Non è che sei tu a essere ubriaco?» «Non dire cazzate, io non bevo mai sul lavoro.» «Certo, e io sono astemio,» risposi, «a proposito, buttami una birra che la giornata è iniziata di merda.»

Sbuffò, poi mi voltò le spalle. Dopo un paio di minuti mi sbatté davanti una tazza di caffè nero fumante.

Alzai gli occhi incredulo e dissi: «Ehi, ma…» «Meglio questo, fidati,» disse, «hai una faccia che è uno schifo anche per i tuoi standard.»

Mi spostai su un tavolino appartato per consumare la mia colazione a base di caffè e sigarette, e leggere la lettera che mi aveva dato Bunny lontano da eventuali spioni. Guardai la busta: identica a quella che era sul mio pavimento, anche la scrittura era la stessa. Dentro c'erano duecento verdoni ed un lettera scritta a mano con grafia piccola e svolazzante:

Gentilissimo Mr Carpenter,
mi rincresce venire a conoscenza del suo spiacevole incontro con i due lestofanti che si sono introdotti stamane in casa sua e l'hanno minacciata armi in pugno; spero vivamente che sia riuscito a risolvere la situazione senza ricorrere all'uso della violenza. Lungi da me giudicare i suoi comportamenti, tuttavia mi permetto di consigliarle una più accurata selezione delle sue frequentazioni.

Venendo al motivo di questa mia missiva, cioè il caso per cui l'ho assunta, la prego di recarsi presso il Giardino delle Fiabe del Compton Park alle ore 18.00 per ricevere ulteriori istruzioni in merito.

Nella busta troverà anche il suo onorario per i due giorni di indagini già svolti, in accordo al suo tariffario abituale. È mio piacere comunicarle che riceverà un ulteriore premio pari a dieci volte la sua tariffa giornalie-

Battei il pugno sul tavolo facendo traballare la tazza di caffè; come faceva quel pezzo di merda anonimo a sapere quello che mi era successo? E perché non si faceva mai vedere, lo stronzo? Mi ero stufato di quei fottuti bigliettini in stile caccia al tesoro. Se c'è una cosa che proprio non sopporto sono i messaggi anonimi, e questo qui me ne aveva già mandati due. Dovevo vederci più chiaro, e soprattutto dovevo ottenere informazioni su questo fantomatico scribacchino anonimo: non sono mai stato un investigatore per corrispondenza, se voleva assumermi doveva venire di persona nel mio ufficio e guardarmi negli occhi mentre mi parlava, altrimenti per quel che mi riguardava se ne poteva andare all'inferno.

Mi alzai di scatto e urlai a Bunny: «Ehi, si può avere qualcosa da mangiare qui?»

Arrivò con un toast che buttò senza complimenti sul tavolino. «Quando pensi di pagarmi, Carpenter?» Grugnì. «A quanto sto col conto?» «Centosettantacinque.»

Gli allungai le banconote che erano nella busta. «Eccotene duecento, il resto tienilo per le spese future. Sei fortunato, oggi gira bene,» dissi.

Prese le banconote e le guardò come fossero le foto di una sventola nuda, poi le ficcò nella tasca del grembiule. Mi alzai e diedi una pacca sulla spalla cicciona di Bunny. «Tutto sommato la giornata volge al bello,» dissi, e mi avviai verso la porta.

Perché era ovvio che avrei accettato il caso.

Entrai nel caldo opprimente di quella mattina che andava verso il mezzogiorno. Mentre sudavo sul marciapiede pensavo alle due lettere che avevo in tasca e ai settecento verdoni che avevo ricevuto solo per averle lette. Ripulito dai due esattori e saldato il conto di Bunny ne dovevo ancora 1815 agli strozzini, e ogni giorno che passava il mio debito si faceva più pesante e le mie palle più in pericolo. Non mi piaceva come stavano andando le cose, ma non avevo alternative, soprattutto non mi piaceva che il cliente sapesse del mio incontro coi due fresconi perché voleva dire solo due cose: o lavorava per Codadiporco, oppure mi stava spiando. E in entrambi i casi avevo qualcosa da ridire. Le lettere però non mi davano nessun indizio, l'unica cosa particolare era la calligrafia, così piccola e svolazzante, e purtroppo per me non esisteva un database grafologico come per le impronte digitali.

'Un momento,' pensai, 'la lettera parla di due gang rivali, forse allora il tipo è schedato e se ha lasciato qualche impronta sulla carta potrebbe essere possibile identificarlo.'

Mi ricordai di Vonnegut, che lavorava alla scientifica quando ero ancora poliziotto, e pensai che era giunta per lui l'occasione di rendermi quel favore che gli avevo fatto anni prima.

Vecchi Favori

Il laboratorio della scientifica era in periferia, in un vecchio capannone in mattoni restaurato a mezz'ora di macchina dal bar di Bunny. Parcheggiai sul retro, dove c'era l'ingresso per i dipendenti e nessuna guardia a sbarrarmi la strada.

Di fronte a me c'erano una porticina di ferro in cima a tre scalini e una fila di finestre con le inferriate. Curiosai in giro, sbirciando attraverso le tende bianche, ma non riuscivo a vedere niente e stavo solo perdendo tempo, perciò bussai ad una finestra a caso: nessun segno di vita. Provai con quella accanto ma sbagliai ancora: una donna dalla faccia piatta e scura aprì e mi guardò come un bull-dog fissa un osso di prosciutto. «Che vuole?» abbaiò. «È il laboratorio di dattiloscopia?» dissi, cercando di sembrare inoffensivo. «Per quello c'è la porta. Davanti.» «Così mi piace di più,» sorrisi, e le allungai un foglio da dieci.

Lo afferrò con la punta delle dita. «Due finestre più in là,» disse, indicando la direzione con il mento.

Accennai un ringraziamento ma lei stava già chiudendo, mormorando un 'avaro pidocchioso' tra i denti.

Bussai sul vetro e dopo pochi secondi un'ombra si avvicinò e aprì. Questa volta avevo avuto fortuna, la faccia che vedevo attraverso le sbarre era inequivocabilmente quella di Vonnegut. «Ehilà, quanto tempo,» lo apostrofai. Sembrò sul punto di vomitare. «Cosa vuoi, Carpenter?» «È così che accogli un vecchio amico che voleva rivederti dopo, quanti, tre anni?» dissi.

Rispose: «Non siamo amici, tu non ne hai, ripeschi le vecchie conoscenze solo quando ti serve qualcosa. E sono passati cinque anni.»

Smisi la recita: «Hai ragione, sono venuto perché ho bisogno del tuo aiuto, e se non ricordo male mi devi un favore.» «Io non ti devo niente.» «Vedo che hai la memoria corta, lascia che te la rinfreschi io.» «Vieni dentro,» disse, «non voglio che qualcuno mi veda parlare con te.» «Ti ricordavo più gentile,» risposi, e mi avviai verso la porta.

Il laboratorio sembrava un ospedale dell'ottocento: muri bianchi scrostati, un pavimento di piastrelle esagonali color sangue rappreso e tavoli con il ripiano in formica verde ingombro di oggetti dalla forma oscura. Tolsi trench e cappello e li gettai su un microscopio che stava sopra al bancone più vicino a me, fingendo di non accorgermi dello sguardo di disapprovazione di Vonnegut. «Squallidino, eh?» dissi guardandomi attorno, «Lo immaginavo un po' meglio.»

Fece un sospiro, poi disse: «Siete tutti uguali, vedete i laboratori della scientifica in TV e pensate che quella sia la vita vera.»

Alzai le spalle. «L'importante è che funzioni,» dissi, ma Vonnegut sembrò non apprezzare, e io lasciai cadere l'argomento. «OK, Vonnegut, veniamo a noi.» «Ti ho già detto che non ti devo nulla.» sbottò.

Lo fissai di sbieco. «Sicuro?»

Roteò gli occhi, sospirando. «Non tirerai fuori di nuovo quella storia del gatto…»

«Certo!» esclamai, «Sono stato io a convincere i tuoi vicini che non serviva chiamare la neuro quando ti hanno visto passare le notti raggomitolato sullo zerbino davanti alla porta di casa tua.»

Allargò le braccia. «E che altro potevo fare? L'hai vista anche tu quella maledetta bestiaccia assassina…»

«Io ho visto solo un gatto obeso che voleva a tutti i costi dormire sul tuo cuscino.» «Voleva soffocarmi nel sonno, altroché!»

«Sì, vabbè…»

«È vero, te lo giuro sulla testa di mia madre!»

«Vero ono, sono io quello che si è beccato una denuncia per maltrattamenti dalla protezione animali.»

Vonnegut sgranò gli occhi e divenne bianco come il camice che indossava. «Non avrai fatto del male a quella povera bestia?»

«Certo che sei un bel tipo,» dissi scuotendo la testa «prima era un gatto assassino e adesso è diventato una povera bestia…»

«Sì, insomma…io amo gli animali… speravo te ne liberassi senza fargli male…»

Sospirai. «Rilassati, Vonnegut, la denuncia l'ho presa dal volontario a cui ho mollato un ceffone perché non la smetteva più di rompermi i coglioni, il gatto è sano e salvo ad acchiappare topi su un mercantile diretto a Shanghai.»

«L'hai imbarcato su una nave cinese? E come facciamo a sapere che starà bene? Quelli se li mangiano i gatti, sai?»

«Veramente sarebbero i cani e, in ogni caso, vuoi smetterla di pensare a quell'animale? Ti dava fastidio e io me ne sono occupato, e adesso tu mi devi un favore, quindi stai zitto per un momento e ascoltami, d'accordo?»» «OK, hai vinto,» sospirò Vonnegut, «cosa vuoi che faccia?» «Niente di particolare, mi serve solo che controlli se ci sono impronte su queste due lettere, e magari un'analisi del DNA se chi le ha spedite ha leccato le buste.»

Scoppiò a ridere. «Ti ho già spiegato che qui non siamo in televisione,» disse, «il DNA lo facciamo solo per gli omicidi plurimi, figuriamoci se lo vengo a cercare su una busta che forse è stata leccata dal tuo ammiratore segreto.» «Vada per le impronte, allora,» dissi agitandogli le lettere di fronte alla faccia.

Me le strappò di mano e si avviò mugugnando al banco dei reagenti. «Mettiti comodo,» mi disse senza girarsi. «Perché, quanto ci vuole?» chiesi. «Te l'ho già detto…» «Non siamo in televisione, lo so.»

Grugnito. «Vado fuori a fumare una sigaretta,» dissi, «avvisami quando hai finito.»

Un altro grugnito.

Le sigarette divennero due, poi tre. Mentre stavo accendendo la quarta col mozzicone di quella precedente, Vonnegut uscì con le due lettere dentro una busta di plastica trasparente. «Niente impronte… me ne offri una?» disse, indicando il pacchetto che stavo rimettendomi in tasca.

Gliela diedi. Stavo per riprendermi le lettere e salutarlo quando aggiunse: «Però ho trovato qualcos'altro.» «Che cosa?» chiesi.

Fece una lunga boccata, poi soffiò il fumo verso l'alto. «Ti decidi a dirmelo?» esclamai.

Si prese tutto il tempo necessario per spegnere il mozzicone, poi aprì la porta e mi fece segno di entrare. «Vieni che ti faccio vedere.» disse.

Mi guidò verso un angolo del laboratorio dove uno strumento squadrato ronzava sommessamente; sullo schermo del computer a fianco, una linea rossa stava disegnando un grafico pieno di valli frastagliate. «Come ti ho detto, sulle lettere non c'erano impronte,» cominciò, «però ho trovato delle strane schegge che mi hanno incuriosito, quindi le ho analizzate all'IR, e questo è il risultato.» Indicò il monitor con la matita. «Che tradotto in linguaggio comune vuol dire?» Dissi. «Vernice acrilica. Ho anche fatto una colorimetria, il colore corrisponde al codice RAL 3015, rosa antico.» «E da dove provengono?» Chiesi.

Scrollò le spalle e disse: «Da qualcosa dipinto di rosa.» «Questo sì che mi è di grande aiuto,» dissi. «Se per una volta la smettessi di fare il sarcastico e usassi quel poco di cervello che il Buon Dio ti ha dato, forse noteresti che questa cosa è un po' strana,» disse. «Perché?» chiesi. «Lettere e buste non hanno impronte, giusto?» disse.

Annuii. «Però ci sono questi residui rosa,» e mi mostrò la bustina di plastica trasparente con dentro le schegge.

Annuii di nuovo, lui mi fissò in silenzio. Dopo dieci interminabili secondi ci arrivai: «Perché il mittente si è preoccupato delle impronte e poi ha commesso la leggerezza di lasciare quei residui?» dissi. «Esatto. non ti sembra strano?» «Forse è solo maldestro,» dissi. «Non ci credi nemmeno tu,» rispose, e aveva ragione. «Magari pensava che non fosse possibile rintracciarlo dalle schegge.» «Probabilmente ha ragione,» disse, «ma perché rischiare, dopo che ci si è dati tanta pena per non lasciare tracce?»

Vonnegut aveva visto giusto, qualcuno che indossa i guanti per non lasciare impronte mentre scrive non è così distratto da non accorgersi della vernice rosa; ma la domanda che mi tormentava era un'altra: «Che indizi ci dà questa vernice, per risalire al mittente?» «Non sono io l'investigatore,» rispose, «Questo devi scoprirlo tu.» «Gli strappai le lettere di mano e dissi: «Stai certo che lo farò,» e me ne andai.

Vonnegut mi raggiunse mentre stavo scendendo i tre gradini esterni e mi prese per la spalla destra. «Adesso siamo pari, vero?» chiese.

Presi la sua mano e me la levai di dosso. «Solo se risolverò il caso,» dissi, mi infilai il cappello e gli voltai le spalle.

Una Gita Al Parco

Sembrava che in quell'angolo di mondo i distributori non fossero ancora arrivati, e la lancetta del mio serbatoio era come sempre pericolosamente vicina allo zero, quindi guidai mantenendo la velocità di una vecchia zoppa nel disperato tentativo di risparmiare carburante. Non fu sufficiente. Finii gli ultimi vapori di benzina a circa un chilometro dal parco, accostai e mi feci l'ultimo tratto di corsa, nel vano tentativo di arrivare in anticipo e assicurami un certo vantaggio sul mio misterioso cliente. Al contrario di me, lui aveva aveva pianificato tutto in modo da rendermi la vita difficile, scegliendo accuratamente il luogo dell'incontro: un uomo in trench, sudato e con la barba lunga, che si guarda attorno in cerca di qualcuno, non è ben tollerato in un parco giochi per bambini. Seduto sulla panchina, cercando di individuare il mio uomo, mi sentivo addosso uno stormo di sguardi ostili: mamme che tenevano d'occhio i figli senza distogliere lo sguardo da me; babysitter che confabulavano tra loro e mi guardavano di sottecchi; padri che mi fissavano con ferocia, immobili, senza quasi sbattere le palpebre.

Il tempo passava e il mio uomo non compariva, ma in compenso il numero dei genitori che mi osservavano come avvoltoi in volo sopra un moribondo aumentava vertiginosamente. Vedendo un poliziotto che parlava con alcune mamme mi venne l'impulso di scappare via, poi però mi fermai, rendendomi conto che ero io quello che doveva essere protetto da un tentativo di linciaggio, e mi rimisi a sedere. Guardai l'orologio: erano le sei e un quarto e ancora nessun segno del mio uomo, però le occhiate minacciose continuavano a crescere.

'Che si fotta,' pensai, 'qui è più salutare darsela a gambe, tutti i soldi della città non valgono un linciaggio in mezzo al parco.'

Quando mi girai per raccogliere il cappello che avevo appoggiato di fianco a me, lo vidi: stava in piedi sulla panchina e mi guardava con i suoi occhioni e il sorriso perennemente stampato sulla faccia, il cappello rosso puntato dritto verso l'alto. Stringeva tra le mani una lettera come quelle che avevo in tasca, come fosse indeciso se consegnarmela o no.

'Adesso basta, ne ho le palle piene di letterine e nanetti, fanculo anche i soldi' pensai, e mi allontanai. Poi però mi ricordai dei due simpaticoni che erano venuti a farmi visita e di quanto dovevo a Codadiporco, e tornai indietro. Presi busta e nanetto, me li ficcai sottobraccio e mi avviai in direzione opposta al poliziotto che si era alla fine deciso a venire verso di me.

A casa, di fronte alla solita scorta di birre e panini pre-incartati, aprii la terza busta. Dentro c'era solo un biglietto con scritto: *grazie di essere venuto*. Niente lettere forbite, niente soldi. Alzai gli occhi verso il nano che avevo appoggiato sul tavolo accanto alle birre e gli dissi: «Che cazzo avrai da ridere tu», lo guardai quasi aspettandomi una risposta. Finii il panino e stappai la seconda birra. Avevo le tre lettere di fronte a me: la grafia era la stessa, di sicuro erano state scritte da un'unica mano, e quella era la sola cosa che sapevo. Poi c'erano quei residui di vernice rosa, cosa potevano significare? Presi la lente d'ingrandimento dal cassetto, l'avevo comprata quando avevo cominciato come investigatore e mai usata, però la tenevo sempre a portata perché faceva molto Sherlock Holmes.

Esaminai la terza lettera, anche su quella c'erano schegge di vernice. Stappai un'altra birra e afferrai il mio amichetto dal cappello puntuto. «Ne vuoi una anche tu?» dissi, «o preferisci una cicca?»

Tirai fuori una sigaretta dal pacchetto e gliela misi nella manina rosa. Con la vernice scrostata. Presi una pinzetta e strappai una scheggia dal nano per osservarla meglio, il colore era identico a quelle sulla lettera. Mi accesi una sigaretta e finii la birra in un sorso. Non riuscivo a completare il puzzle: tutte le lettere erano state scritte dalla stessa mano e su tutte e tre c'erano gli stessi residui di vernice, che quasi sicuramente venivano dal nanetto che avevo davanti. Questo però non mi diceva nulla, se non che il misterioso postino si era dato pena di recuperare il nano dopo ogni consegna. Una cosa però continuava a non quadrare: la vernice avrebbe dovuto essere sulla busta, non dentro. Quella storia mi stava facendo venire il mal di testa, oltre che la gastrite, quindi decisi di ammazzarli tutti e due con un'altra birra e l'ultima sigaretta.

Rilessi la prima lettera: sembrava solo un'accozzaglia di farneticazioni su due gang che non avevo mai sentito nominare, ed ero propenso a darle un minimo di credito solo perché era arrivata accompagnata da un nutrito gruppo di bigliettoni. La scrittura era piccola e ordinata, si leggeva facilmente, ma questo non serviva a rendere il suo contenuto più interessante. Stavo per ficcarla nel cassetto con le altre, quando un'idea assurda mi balenò in testa: Lil' Boyz, gli uomini piccoli, i piccoli uomini, i nani; e i Flamingos, i fenicotteri. Tutta quella storia riguardava una faida tra nani e fenicotteri, era la guerra delle aiuole!

Picchiai il pugno sul tavolo, rovesciando le bottiglie vuote, e mi strinsi le tempie con gli indici. «Ma che cazzo mi viene in mente,» dissi al nano che continuava a sorridermi, «non ha fottutamente senso.» «Tutta la nostra esistenza non ha senso,» disse una voce. «Ma che bella filosofia da due soldi del cazzo.» sbottai, poi dissi: «Ma chi ha parlato?» E mi alzai in piedi, o almeno provai a farlo. «Non lo intuisce, Mr Carpenter?»

Cercai di focalizzare le birre che mi ero scolato, non mi sembravano poi così tante da farmi sentire le voci; strizzai gli occhi e tentai di nuovo di mettere a fuoco. «Tu parli?» Dissi al nano, sentendomi immediatamente stupido. «E scrivo anche, altrimenti come avrei potuto mandarle quelle lettere?» «Ok, sono ubriaco,» dissi, «ora mi bevo l'ultima e mi metto a dormire, e se tu non sei un'allucinazione fai come fossi a casa tua che domani parliamo.»

Buttai giù la birra e mi lasciai cadere sul divano. «Buona notte,» dissi, e spensi la luce. «Buona notte, Mr Carpenter.» Fu l'ultima cosa che sentii.

Doposbornia Con Nano

Arrivarono in ordine: la luce, il mal di testa, l'odore di uova strapazzate. Mi misi a sedere sul divano con gli occhi ancora chiusi, mi sentivo come avessi mangiato un sacchetto di sabbia e suonato un gong con la testa per tutta la notte. «Hai una cucina in questo buco, usala ogni tanto,» la sentii dire. «Come hai fatto a entrare, Moll?» chiesi, tenendo ancora gli occhi chiusi. «Ho le chiavi, me le hai date tu ricordi? Non che servano a qualcosa, visto che la porta non è mai chiusa. Era un po' che non ti vedevo in giro quindi ho pensato di fare un salto per assicurarmi che fossi ancora vivo, e già che c'ero ho preparato la colazione,» disse, mentre aprivo gli occhi di fronte a una padella fumante di uova. Tentai di alzarmi in piedi ma fu una pessima idea, il mondo girava troppo in fretta. «Ma perché non mi lasci stare, così tanto per cambiare?» «Perché se non ci fossi io a darti una regolata saresti finito al rifugio dei poveri da un bel pezzo.» «Magari lì mi lascerebbero dormire in pace.»

Moll appoggiò la padella sul gas con un tonfo metallico doloroso per la mia testa, che ancora galleggiava tra il sonno e la birra.

Versò le uova su uno dei piatti puliti che mi rimanevano e disse: «Vincent Carpenter, alzati e vieni a mangiare, prima che si freddi tutto.» «Sì, d'accordo, ma, ti prego, non fare più quel rumore.»

Ributtò la padella sul gas assicurandosi di fare più baccano possibile.

Arrancai fino al tavolo, premendomi gli occhi con le dita, indeciso se vomitare o ingoiare tutte le uova in un boccone, e mi lasciai cadere sulla sedia, prendendomi la testa tra le mani. Pensai che mettere qualcosa sotto i denti mi avrebbe fatto passare il doposbornia, però prima volevo disperatamente una sigaretta; quando me la misi in bocca Moll fece una smorfia e disse: «Questa topaia puzza già abbastanza.» Me la strappò via e la lanciò dalla finestra. Si bloccò per un attimo, poi si girò e mi chiese: «E questo orrore dove l'hai rimediato? Va bene che i tuoi mobili sembrano recuperati dall'immondizia, ma un nano da giardino sul davanzale è troppo anche per te.»

Cercai di capire a cosa si riferisse, poi vidi il nanetto in piedi sul davanzale. Mi avvicinai e lo osservai, e mentre Moll guardava me come se fossi diventato pazzo, gli avvicinai l'orecchio alla sua bocca per sentire se diceva qualcosa. «Volete che vi lasci soli?» disse, mentre sollevavo il nanetto e lo rigiravo tra le mani. «L'hai messo tu questo coso sul davanzale?» le chiesi puntandole contro la statuetta. «Ma se è la prima volta che lo vedo.»

La strinsi per le braccia e la guardai dritta negli occhi dicendo: «Sei sicura di non averlo toccato?» tremavo.

Mi spinse via e gridò: «Mi fai male, lasciami!» poi mi disse con più autocontrollo: «Sei ancora ubriaco o hai preso una botta in testa, Vince? Io quell'affare non l'ho mai visto prima e anche se fosse non mi metterei certo a riordinarti la stanza, mica sono tua madre.» «Mia madre mi ha mollato di fianco a un cassonetto appena nato,» dissi. «Non fare il duro con me, Carpenter, mi hai presentato i tuoi e sono delle persone squisite.»

Sbuffai, com'era possibile che tutti conoscessero i miei genitori?

Camminavo in tondo, stringendo il nano per le babbucce, mentre Moll mi guardava perplessa e un po' impaurita; mi fermai in mezzo alla stanza e le chiesi di nuovo: «Sei assolutamente sicura di...»

Non mi lasciò finire la frase. «Ti ho già detto che quel nano non l'ho mai toccato,» disse, «e mi sono rotta di subire il terzo grado per questa cavolata, smaltisci la sbornia, datti una ripulita, perché puzzi come una carogna, e chiamami quando sarai tornato in te.» Uscì sbattendo la porta.

'Ecco, brava, vattene, così avrò finalmente un po' di pace,' pensai, mentre fissavo la porta chiusa.

Ero assolutamente sicuro di non aver spostato io il nano, quindi o se ne era andato da solo alla finestra oppure camminavo nel sonno; in entrambi i casi probabilmente stavo diventando pazzo. Per un po' rimasi ancora in piedi a rimuginare, poi l'odore delle uova mi fece pensare che, pazzo o non pazzo, avrei ragionato meglio dopo colazione. Mi ero appena infilato in bocca la prima forchettata quando una voce mi mandò il boccone di traverso. «Sarebbe così gentile da mettermi giù, Mr Carpenter?» disse.

Guardai verso il basso, da dove veniva la voce, e mi accorsi di avere il nanetto ancora in mano; preso dallo spavento lo lasciai cadere e lo sentii gridare «Ahi!» quando colpì il pavimento con la faccia. Schizzai via dalla sedia e quasi rotolai per terra anch'io; con la forchetta ancora in mano esclamai: «Ma tu parli!» e subito dopo: «Scusa, non volevo farti cadere, ti sei fatto mal... ehm, rotto?»

Si muoveva rigidamente, quasi a scatti, e sembrava non riuscisse a rimettersi in piedi; quando alla fine ce la fece, si spazzolò la polvere di dosso con le piccole manine ciccione. Ad ogni suo movimento si sentiva uno scricchiolio leggero e piccole crepe gli si formavano sulla vernice vicino alle giunture. «Sto bene, Mr Carpenter,» mi rassicurò, «è solo che sto diventando vecchio e la mia vernice non è più elastica come una volta, quindi tende a scrostarsi se mi agito troppo.»

L'origine di quelle schegge rosa sulle lettere si era fatta improvvisamente chiara. «Scusami, piccoletto, non volevo farti cadere,» dissi, «ma vedere un nano da giardino parlante non è roba di tutti i giorni.» «Non si preoccupi. Piuttosto potrebbe aiutarmi a salire sul tavolo? Trovo piuttosto scomodo conversare da quaggiù,» disse stendendo le braccia verso di me. «Certo, piccoletto,» dissi e lo appoggiai sul tavolo, di fianco alla mia colazione. Non sapendo come trattarlo gli offrii di mangiare con me. «Ehi, nanetto, vuoi favorire?» chiesi, e ingoiai una forchettata delle uova che si stavano raffreddando. «No grazie, noi del popolo del giardino non ci nutriamo come voi umani,» rispose, «gradirei però non mi chiamasse con appellativi tipo 'nanetto' o 'piccoletto', il mio nome è David.» «Com vuoi tu, picco-, David,» risposi con la bocca piena.

Finii di mangiare, poi mi accesi una sigaretta, cercando di riprendere la mia aria da duro, anche se mi riusciva piuttosto difficile visto che stavo in mutande di fronte ai resti della colazione a chiacchierare con una statua da giardino. Feci una lunga boccata, poi soffiai il fumo in faccia al nano e dissi: «Ok, David, immagino sia tu il misterioso ammiratore che mi ha mandato quelle lettere.»

Annuì, facendo scricchiolare la vernice del collo. «Bene,» ripresi, «visto che abbiamo esaurito i convenevoli, che ho letto le tue lettere e che mi sono già speso il tuo acconto, possiamo dire che accetto il caso, quindi da ora in poi si gioca secondo le mie regole.» Annuì di nuovo. «Quindi fai come se io non sapessi niente di nani parlanti e spiegami cosa vuoi da me.»

Fece un respiro profondo, ammesso che respirasse, poi disse: «Innanzitutto mi scuso per il mio approccio poco ortodosso, ma temevo che presentarmi in maniera diretta sarebbe stato troppo traumatico, visto il mio aspetto insolito.» «Invece mettersi a parlare di punto in bianco nel cuore della notte tu lo consideri un approccio soft?,» dissi a bassa voce, poi più forte: «Ok, sei scusato, adesso vieni al punto.»

Per la prima volta vidi il sorriso scomparire dal suo faccione lucido: «Sta per scoppiare una guerra.» disse, «Una guerra combattuta dalla gente piccola all'interno dei vostri giardini.»

Le sue espressioni cambiavano a scatti, guardarlo era come scorrere velocemente una pila di foto, con i passaggi intermedi tra una e l'altra mancanti; l'effetto finale era quello di un vecchio film comico, ma negli anni trascorsi a fare l'investigatore privato avevo imparato che non si deve mai ridere di un cliente, nemmeno se è un nano che ti parla di faide fra i suoi simili. Prima che diventi cliente magari sì, ma quando comincia a pagare, mai. Forte di questa esperienza assunsi la mia faccia da 'ti sto ascoltando con molta attenzione e interesse', mi misi comodo con i piedi sulla scrivania e gli dissi: «Raccontami tutto. Dal principio. Abbonda pure nei particolari.»

Omicidi Tra Piccoli Amici

I nani hanno sempre vissuto in prosperità nei vostri giardini, sin dai tempi antichi, quando piccole statue intagliate nel legno proteggevano le case degli umani dalle strane creature che abitavano le foreste. L'usanza si estese dai boschi ai villaggi, e poi alle città, e venne perpetrata nel tempo fino ai giorni nostri. Ora i boschi sono scomparsi ma voi avete portato i nani nelle vostre case moderne, li avete dipinti di colori sgargianti e messi a guardia di prati e giardini in villette pulite e ordinate; li avete riuniti in gruppi numerosi, fatti viaggiare per il mondo e usati come soprammobili; qualcuno ha perfino tentato di affrancarli dal loro compito lasciandoli liberi nelle strade. Ma i nani appartengono ai giardini, sono guardiani silenziosi e discreti, sanno che in vostra presenza non devono rivelarsi perché voi uomini sapete creare cose meravigliose ma avete paura di tutto ciò che non capite, che è diverso da voi, e non riuscireste a comprendere l'esistenza di popoli differenti dal vostro che abitano negli interstizi del mondo in cui vivete.

Nonostante questo, i nani hanno sempre protetto le vostre case, anche ora che le creature delle foreste sono così rare e impaurite che non si avventurano mai fuori dalle loro oscure tane nei pochi residui di bosco rimasti. Solo che senza nessuno da combattere i nani non avevano più niente da fare, e cominciarono ad annoiarsi.

Poi un giorno arrivarono i fenicotteri, stupidi uccellacci di plastica fluorescente, sgraziate e inutili creature.

Si sono moltiplicati in fretta, proliferando nei grandi magazzini a buon mercato e conquistando un giardino dopo l'altro, affiancandosi ai nani e usurpando il posto che per secoli era stato loro.

Il Piccolo Popolo dei Giardini si spaccò in due: c'era chi cercava la convivenza pacifica, in fondo c'era spazio per tutti; altri invece, frustrati da decenni di inattività, volevano la guerra, la distruzione totale dei fenicotteri per riprendersi i giardini usurpati. Nacquero così le prime gang di nani, gruppi di sbandati che sfogavano tutta la loro aggressività verso un nemico comune: i maledetti uccellacci rosa.

Quando tensione crebbe fin quasi al punto di rottura, i rappresentanti dei due popoli si incontrarono per porre fine a questa situazione; scelsero un campo neutro, un parco pubblico abbandonato, e riuscirono ad accordarsi per una spartizione equa dei prati della città.

La tregua ha retto con difficoltà per anni, fenicotteri e nani si ignoravano o limitavano il loro odio a provocazioni e sguardi di sfida, poi però le gang più violente dei due popoli, Lil' Boyz e Flamingos, cominciarono a combattersi sempre più aspramente e, dalle piccole scaramucce ai confini, si passò alle incursioni nei rispettivi territori, e alle risse in strada, finché pochi giorni fa non ci è scappato il morto. Un nano è stato brutalmente fatto a pezzi, e quel che è peggio è che non faceva parte della gang, semplicemente si trovava nel posto sbagliato al momento sbagliato.

Adesso i Lil' Boyz cercano vendetta e vogliono sterminare fino all'ultimo Flamingo perché credono, come è logico, che siano loro i responsabili di questa morte. Quello che però non capiscono è che i fenicotteri non staranno certo a guardare e la lotta tra bande si trasformerà in un reciproco tentativo di pulizia etnica che porterà indi-

cibili sofferenze per tutti.

Raccontò la storia tutto d'un fiato, senza pause, e quando finì sembrò come si svuotasse; rimase immobile piegato su se stesso, senza più nemmeno il sorriso idiota dipinto in faccia.

Presi il pacchetto e ne tirai fuori una con studiata lentezza, poi mi alzai e andai alla finestra. Fuori il sole splendeva sulle case e oltre i palazzi; lontano dalla squallida periferia in cui vivevo, si potevano indovinare i giardini per cui nani e fenicotteri si facevano a pezzi.

Mi girai e dissi: «E io cosa c'entro con la vostra guerra? Cosa vuoi che faccia?» «Voglio che lei scovi il Flamingo che ha ucciso il nano e mi porti delle prove inconfutabili della sua colpevolezza. Devo mostrarle ai capi dei fenicotteri ed esigere giustizia, prima che i nani ci pensino da soli.»

Mentre parlava, pensavo a Lafitte e al suo correre dietro a fantomatici vandali che non avrebbe mai preso, perché erano le stesse vittime che cercava di proteggere; e a David, così cieco da non vedere che la guerra da lui tanto temuta era già cominciata e aveva già fatto le sue vittime; oppure così ingenuo da credere di poter fare qualcosa per fermarla.

Non dissi niente, in fondo non si trattava di problemi miei, l'unica cosa di cui dovevo occuparmi era catturare l'assassino dell'amico di David, e non mi importava si trattasse di un umano, un nano, un fenicottero o qualsiasi altra cosa si muovesse su questa terra, mi importava solo di farlo con il minimo sforzo possibile e di spillare più soldi che riuscivo al piccoletto che camminava avanti e indietro sul tavolo di fronte a me. «Sempre che sia stato davvero un Flamingo,» dissi. «Non può essere che così,» rispose. «Raccontami come lo hanno ammazzato.»

Il nano ucciso si chiamava Sandy, ed era sempre vissuto nel prato di una tranquilla coppia di anziani, a capo di un gruppo di cinque nanetti più giovani di lui che condividevano lo stesso giardino. Dopo la morte dei padroni di casa, il nipote aveva venduto la proprietà gettando via tutte quelle che riteneva inutili cianfrusaglie accumulate per tutta una vita; grazie ad un fortuito caso i nanetti non finirono in discarica ma vennero raccolti da un membro dell'ASCuNOG, Antica Società Cultori Nani e Orpelli da Giardino, che li trasferì nella sede dell'associazione. «Esiste un'associazione con questo nome?» chiesi mentre mi immaginavo gruppi di cospiratori vestiti come cartoni animati. «Certo che esiste, siamo molto più amati di quello che pensa,» rispose. «Non ne dubito,» dissi, «e chi sarebbe il presidente, Biancaneve?» «Spiritoso.»

L'Associazione era sempre stata la nostra casa, un luogo protetto e sicuro, quindi nessuno si sarebbe mai curato di guardarsi le spalle una volta lì dentro, tantomeno un vecchio nano abituato alla placida tranquillità di un giardinetto di provincia. Sandy perciò non fu particolarmente preoccupato quando lo collocarono nella teca assieme agli altri, anzi probabilmente ne fu felice perché era un nano gioviale che attaccava bottone con tutti, anche con chi non ne voleva sapere di fare conversazione. Conoscendolo, avrà cercato di farsi amico anche il suo assassino, ingenuo e di buon cuore com'era.

Lo ritrovarono la mattina del suo terzo giorno di permanenza, per terra, con il petto sfondato da quello che sembrava un colpo di becco. Sulla sua teca c'erano schegge di smalto giallo, lo stesso colore di quello della sua casacca.

Lo guardai negli occhi dipinti quasi senza espressione,

spensi la sigaretta nel piatto della colazione e gli dissi: «C'è qualcos'altro che non mi hai detto.» Non era una domanda.

Distolse lo sguardo, muovendosi in quel buffo modo a scatti a cui mi stavo abituando, poi, riluttante, disse sottovoce: «Il nano ammazzato non era uno qualsiasi. Era un mio amico, il mio unico amico.» Fu come strapparglielo dalle budella. «E tu non vuoi giustizia, vuoi vendetta.» anche questa non era una domanda.

Si indurì a tal punto che sentii la vernice scricchiolare e screpolarsi. «Questi non sono affari suoi,» disse.

Presi un'altra sigaretta, avevo bisogno di pensare, e anche di una birra se è per questo, ma era troppo presto anche per me, senza contare che le avevo finite. Non avevo nessuna voglia di infilarmi in mezzo a una guerra tra bande e nella vendetta personale di un giustiziere, seppure in formato tascabile, ma il piccoletto sembrava avere tasche capienti e gonfie di bigliettoni, e Dio solo sa quanto volessi tenermi lontano dalle attenzioni di Mortimer e Randolph, perciò feci buon viso a cattivo gioco e rilanciai. «La mia tariffa è cento al giorno più le spese, ma questo lo sai già,» dissi, «quello che non sai è cosa scoprirò nelle mie indagini, potrebbe non essere ciò che ti aspetti.» «Lei è pagato per scoprire la verità, non per rendermi felice.» «OK, David, come hai detto, sei tu quello che sgancia i verdoni. Considerami assunto.»

L'istantanea di un sorriso ritornò sulla sua faccia laccata. Mi porse una mano per suggellare il contratto, esitai, poi allungai l'indice della mano destra. Lui lo strinse, aveva una presa forte e secca, calda, come di plastica. Sorrisi anch'io. «Bene,» dissi, «Credo sia il caso che mi mostri dove è stato fatto fuori il tuo amico.»

Antica Società Cultori Nani e Orpelli da Giardino

Usammo la mia auto e la benzina di David per arrivare fino a una zona residenziale alto-borghese, davanti a quella che sembrava una replica in scala ridotta della casa bianca. «E questa cosa sarebbe, la residenza del presidente dei Nani Uniti d'America?» chiesi.

Non rise alla battuta e rispose: «No, è la sede dell'Antica Società Cultori Nani e Orpelli da Giardino. È qui che hanno ammazzato il mio amico.»

Non riuscivo a credere che esistesse un'associazione di quel tipo, guardavo David e non mi capacitavo di come qualcuno potesse trovare quelle cose belle, ma non eravamo certo arrivati in macchina fin lì per discutere di quanto fossero apprezzabili degli arredi da giardino autocoscienti, quindi tolsi la cintura di sicurezza e dissi: «OK, diamoci una mossa» uscendo dall'auto.

Aprii la porta del passeggero, mi misi David sottobraccio e mi avvicinai al cancello. «Si va in scena,» dissi, più per me che per il nano, e suonai il campanello.

Dopo pochi secondi il cancello si aprì scorrendo su cardini ben oliati; imboccai il vialetto di ghiaia fine, guardato a vista da due file di nani sull'attenti come tanti soldati paffutelli. «Cos'è, il picchetto d'onore?» sussurrai a David. «Qui sono molto attenti alla forma,» rispose, «per fortuna alcune delle vecchie regole valgono ancora.»

Avevo imparato a mie spese come nessuna regola fosse inviolabile, soprattutto se c'erano di mezzo odio, soldi o donne, ma evitai di disilluderlo.

Proprio in quel momento il portone della casa si aprì e ne uscì un ometto che mi venne incontro; se in lontananza sembrava piccolo, da vicino non guadagnava molto in altezza, però compensava con la larghezza. Il riflesso del sole sulla sua testa lucida mi arrivava dritto negli occhi e per ripararmi abbassai la tesa del cappello; lui interpretò il gesto come un saluto e prese a sbracciarsi, trotterellando verso di me alla velocità massima che gli consentivano le sue gambette e l'abito tre pezzi in fresco di lana che indossava. Quando fu a portata, sparò in avanti una mano che sembrava fatta con cinque salsicce legate insieme. Mentre la stringevo non potei fare a meno di notare il fermacravatta d'oro a forma di nano e le iniziali della società ricamate sul taschino della giacca. «Buongiorno, sono Algernon Fleck, presidente dell'Antica Società Cultori Nani e Orpelli da Giardino, in cosa posso esserle d'aiuto?» disse.

Cercai di simulare entusiasmo e soggezione mentre gli dicevo: «Ma quale onore, ricevuto dal Presidente in persona!» «Sa, la nostra è una piccola associazione e io, oltre che esserne il presidente, svolgo anche le funzioni di tesoriere, segretario e, quando la servitù viene congedata, usciere e custode della sede. Ma con chi ho il piacere di parlare? Deduco dall'esemplare che porta con sé che condivide la nostra passione.»

Finsi di ricordarmi di David solo quel momento, lo guardai poi dissi: «Mi perdoni, sono un tale maleducato! Il mio nome è Dashiell Hammett e mi sono avvicinato da poco a questo passatempo, pochi giorni in verità, da quando trovai questo nanetto nella soffitta di una vecchia zia purtroppo recentemente deceduta,» e avvicinai David al suo naso rotondo. «Le mie condoglianze,» disse, sembrando davvero dispiaciuto, «mi permette di esaminarlo?» «Insisto perché lo faccia.»

Lui sorrise e prese delicatamente David dalle mie mani. Fece qualche rumore pensoso poi disse: «Spero di non deluderla, ma l'esemplare in suo possesso è un comunissimo gnomo da giardino di fattura industriale e non ha nessun valore collezionistico.» «Ah,» dissi, e sbirciai David, cercando reazioni all'essere stato definito 'comunissimo', ma gli anni trascorsi a nascondere la sua vera natura dovevano averlo reso impermeabile a qualsiasi provocazione, perché rimase perfettamente immobile e con gli occhi sbarrati, senza mostrare nemmeno il più piccolo sintomo di nervosismo. «Ma non si preoccupi,» continuò, incurante del fatto che lo stessi ascoltando o meno, «tutti iniziano la loro collezione con pezzi di poco valore, che tuttavia rivestono sempre un'enorme importanza affettiva. Non conosco nessuno dei nostri soci che si sia separato dal primo esemplare acquisito.»

Risposi sovrappensiero: «Grazie, Mr Fleck.» «La prego, mi chiami Algernon.» «Algernon, sarei interessato a diventare socio,» dissi, «però gradirei prima effettuare una visita guidata della vostra sede, se non è troppo disturbo.»

Algernon si illuminò. «Ma quale disturbo,» disse, «prego, mi segua in casa. Posso offrirle qualcosa da bere?» «Un drink non si rifiuta mai,» risposi, e mi feci guidare dentro la villa.

Varcato il portone mi sfuggì un fischio di meraviglia e dovetti resistere alla tentazione di togliermi il cappello e inginocchiarmi come in chiesa. «Davvero notevole,» esclamai guardandomi attorno. «Abbiamo cercato di dare un certo prestigio alla nostra piccola associazione,» disse Algernon sorridendo e spostando il peso da un piede all'altro, «alcuni nostri sostenitori sono molto facoltosi e fanno generose donazioni.»

'Un certo prestigio' era una definizione riduttiva: quella bicocca aveva tanti stucchi, dorature e specchi da fare invidia a un riccone arabo, e non c'era angolo che non fosse decorato da qualcosa che sembrava preziosissimo e che non fosse anche terribilmente brutto. Ed era tutto piccolo. Non a misura di nano, ma nemmeno di uomo normale, era tutto a misura di Algernon. Stavo per chiedere spiegazioni, ma il mio sguardo da pesce lesso che si chiede perché l'acqua è salata doveva avermi preceduto, visto che il presidente mi disse: «Volevamo dare una reminiscenza nanesca alla sede, quindi abbiamo leggermente ridotto le dimensioni degli arredi; incidentalmente è capitato che la scelta si accordasse alle mie proporzioni,» e sorrise. «Spero che almeno i drink siano della dimensione giusta,» dissi.

Sembrò non capire, poi si colpì la fronte con il palmo e disse: «Sono proprio imperdonabile, le avevo promesso da bere e non ho ancora provveduto, chissà come sarà accaldato con questo sole.»

'Figuriamoci con addosso giacca e impermeabile,' pensai mentre cercavo il fazzoletto per asciugarmi il sudore dalla fronte.

Mi guidò in un'altra stanza dove troneggiava in tutte le sue ridotte dimensioni un bancone da bar in stile ruggenti anni venti; adocchiai le bottiglie sulla vetrinetta dietro al bar e mi rassicurò vedere che almeno quelle erano di dimensioni normali. Algernon zampettò dietro al bancone mentre io cercavo una posizione comoda sullo sgabello mignon, sentendomi come un tordo appollaiato sopra un bonsai. «Cosa gradisce, Mr Hammett?» mi chiese. «Whiskey on the rocks,» risposi. Con quel caldo il ghiaccio ci stava bene. «Gusti semplici,» commentò, poi prese due tumbler, mise due cubetti di ghiaccio in ognuno e versò una generosa dose di Eagle Rare per entrambi. «Ai nuovi soci,» disse sollevando il bicchiere. «E a quelli vecchi,» risposi io.

Buttato giù il whiskey, Algernon propose di continuare la visita. «Vuole vedere la nostra collezione?» «Molto volentieri,» risposi, e mi alzai dallo sgabello.

Appoggiai David al bancone del bar. «Tu restatene buono qui,» mormorai, «e non sparire come il tuo solito.»

Quando mi girai verso Algernon stava sorridendo con aria complice. «Anche lei gli parla?» disse, poi, probabilmente vedendo la mia espressione, aggiunse: «Non si preoccupi, lo faccio anche io, e sa qual è la cosa divertente? Che a volte mi sembra capiscano ma non vogliano parlare con noi. Ma non dia retta ai deliri di una persona un po' eccentrica e mi segua da questa parte, prego.» «Se fosse più povero la chiamerebbero pazzo,» dissi, accorgendomi subito che era la battuta sbagliata.

Mi fissò per un momento, interdetto, poi scoppiò a ridere. «Come ha ragione, Mr Hammett,» disse, e fece strada.

Mi portò in una lunga galleria, con le pareti ricoperte di scaffalature fino al soffitto, su cui era stipata ordinatamente la più grande quantità di statuette da giardino che avessi mai visto.

Algernon si erse in tutta la sua ragguardevole statura e recitò una parte che doveva aver provato molte volte: «Qui sono raccolti e catalogati tutti i lasciti, donazioni e prestiti fatti alla nostra associazione, in totale più di diecimila esemplari di nani da giardino. Non vorrei peccare di superbia ma credo che sia la più grande collezione di questo genere al mondo.» «Veramente notevole,» dissi, senza bisogno di fingere.

Se non l'avessi fermato, Algernon mi avrebbe descritto ognuna delle diecimila statuette con dovizia di particolari. «Molto interessante,» lo interruppi, mentre glorificava la fattura di una statuetta realizzata in smalto e oro da un allievo di Fabergé, «visto l'enorme valore della collezione, dovrete avere un sistema di sicurezza a prova di bomba.»

Fece un largo sorriso, strizzò l'occhietto grassoccio e disse: «Non si preoccupi, il nostro sistema d'allarme è dei più evoluti sul mercato e garantisce protezione più che adeguata agli occupanti della villa, siano essi a grandezza naturale,» e fece un gesto con la mano per indicare noi due, «oppure in formato ridotto,» e indicò i nani; «Abbiamo un antifurto volumetrico, allarmi perimetrali, porte e finestre blindate, e serrature elettroniche a riconoscimento biometrico.» «Impressionante» dissi. Effettivamente sembrava molto difficile introdursi nella galleria, ma come tutti gli allarmi non sarebbe stato di nessuna efficacia se lasciato spento. Il nanicida poteva venire dall'interno, al contrario di quello che affermava David, o essere un intruso; non avevo prove per capirlo, non ancora. «E avete mai avuto problemi dall'interno?» chiesi. «Scusi ma non capisco.» «Ci sono mai stati furti o atti di vandalismo a opera di persone interne all'associazione?» «Cielo no, per chi ci ha preso? Siamo tutte persone per bene!»

Sembrava sinceramente indignato, quindi cercai di recuperare e dissi: «Mi perdoni, ma sono un tipo sospettoso di natura. Certamente lei e tutti gli altri membri siete persone rispettabili, io però pensavo piuttosto a lavoranti e personale; attualmente la mia collezione è composta da un solo esemplare, ma ho intenzione di attuare una politica di acquisizioni molto aggressiva.» gli strizzai l'occhio.

Si rilassò visibilmente e disse: «Le attività necessarie al funzionamento dell'associazione sono svolte dai soci, mentre, per quanto riguarda la servitù, si tratta di personale fidato dal curriculum ineccepibile che ho vagliato io stesso.» «Ottimo,» risposi, anche se speravo di ottenere qualche indizio in più su cui lavorare. «Ora che mi ci fa pensare però,» disse alzando gli occhi e grattandosi il mento con pollice e indice.

Bingo. «Circa una settimana fa trovai un nano gravemente danneggiato, una recente acquisizione. Pensai a una disattenzione del maggiordomo mentre spolverava, ma lui affermò di non essere nemmeno entrato nella galleria; siccome non era un pezzo di grande valore e non l'avevamo ancora catalogato, lasciai correre senza preoccuparmene ulteriormente.» «Posso vedere l'esemplare?» chiesi. «Non era riparabile perciò l'ho gettato via,» rispose. «E dove l'ha trovato?» «Vicino a quella vetrinetta laggiù,» disse indicando uno scaffale accanto alla finestra, «ma perché è così interessato a questo evento?»

Mi avvicinai alla vetrinetta, per esaminarla meglio: dentro c'erano solo cinque nani identici, probabilmente i compari di Sandy. Mi girai verso Algernon e feci il sorriso più ampio che mi riusciva, stavo esagerando con le domande e il paffutello cominciava a insospettirsi, quindi feci in modo di rassicurarlo: «Mi scusi tanto, sono un inguaribile curiosone e ho il vizio di vedere misteri dappertutto,» dissi, agitando la mano con noncuranza. Sembrò bersela. «Come la capisco,» disse «a volte le giornate sono così tediose che si spera sempre avvenga qualcosa di eccitante.»

Si guardò intorno come per assicurarsi che tutti i suoi preziosi esemplari fossero al loro posto e disse: «Con questo la visita è conclusa, se vuole seguirmi nuovamente al bar le illustrerò le formalità per associarsi, ovviamente di fronte a un altro drink.» «Ben volentieri,» esclamai, e lo seguii fuori dalla galleria.

Appollaiato sullo sgabello sottomisura, ascoltavo Algernon declamare le attività dell'associazione, alleviando lo strazio nell'Eagle Rare invecchiato 17 anni che mi stavo versando da solo. «Venendo alla quota associativa, richiediamo un versamento di 750...»

Quasi gli sputai in faccia il whiskey, e sarebbe stato un vero peccato sprecarlo così. «Mi sta dicendo che la retta è 750 l'anno?»

Fece una risatina, «No, 750 li richiediamo una tantum al momento dell'iscrizione, la retta è 150.» «Volevo ben dire.» «Al mese.»

Anche questa volta riuscii con difficoltà a non sprecare quell'ottimo liquore. Di fronte al volto perplesso di Algernon rientrai nel personaggio e dissi: «Molto bene, suppongo ci siano dei moduli da riempire.»

Il sorriso gli si allargò a dismisura mentre faceva scivolare il foglio verso di me. «Nome, indirizzo, firma e sarà uno dei nostri» disse.

Scrissi Dashiell Hammett in stampatello e firmai con uno sgorbio. Algernon mi strinse la mano con calore. «Benvenuto tra noi,» disse «provvederemo a inviarle la tessera all'indirizzo da lei indicato, appena ricevuto il versamento.» «Me ne occuperò appena rientrato a casa,» dissi, ovviamente mentendo. Algernon annuì soddisfatto.

Mentre ci stringevamo la mano per sancire l'accordo, sentimmo un rumore di vetri infranti venire dalla galleria.

Algernon scattò in piedi e si fiondò con velocità inaspettata verso la porta, io finii quanto restava del mio drink e lo seguii di corsa.

Lo trovai immobile di fronte alla teca centrale della galleria, quella che conteneva i pezzi più importanti, raggelato nel contemplarne la porta sfondata. «Non può essere,» disse, e cadde ginocchia a terra, «non può essere vero,» ripeté con la voce che si avvicinava al pianto.

Mi avvicinai lentamente e gli poggiai la mano sulla spalla. «Che succede, Algernon?» chiesi, ma lui non mi sentiva. «Algernon, tutto bene?» ripetei.

Continuava a piagnucolare, scuotere la testa e ripetere: «Non è possibile.»

Mi accucciai di fianco a lui. I cocci di una statuetta erano sparsi sulla moquette e Algernon cercava di raccoglierli tutti e rimetterli assieme, ma i bordi gli tagliavano le dita paffute e gli si conficcavano nella carne; il sangue gli imbrattava le mani, colava lungo i polsi, lasciando macchie scure sulla camicia bianca e gocciolava sul pavimento formando una piccola pozza che veniva assorbita dalla moquette. «Era il pezzo più prezioso della collezione,» mormorò «il mio orgoglio,» e le lacrime gli rigavano il volto cicciotto senza più colore. «Su, Algernon, non faccia così,» dissi, ma lui mi fissò con una faccia così incattivita che bloccò qualsiasi altro mio commento. «Lei non capisce, questo nano aveva un valore inestimabile,» e alzò la mano insanguinata che stringeva quel che restava di una testa in porcellana decorata.

Cercai di tirarlo su e staccarlo da quei cocci, ma lui era come un bambolotto frignante e non collaborativo, allora lo lasciai cadere, mi alzai e gli dissi: «La smetta di comportarsi da bambino e non faccia tutte queste tragedie per un pupazzo di ceramica.»

Scattò in piedi e mi puntò contro la testa mozzata del nano, schizzandomi di sangue. «Questo non è un pupazzo di ceramica,» disse, «è un nano in porcellana e oro realizzato da un allievo di Fabergé, si dice sia appartenuto al re di Francia e il suo valore economico, per non parlare di quello artistico, è incalcolabile.» «Sarà,» risposi io, «ora però non vale più niente.» Ne avevo piene le palle di recitare la parte dell'appassionato di quelle porcherie, l'atmosfera dentro la casa era già abbastanza opprimente e vedere quel patetico ometto disperarsi e scarnificarsi le mani inginocchiato di fronte a un mucchio di cocci mi dava il voltastomaco.

Algernon gonfiò il petto e disse: «Lei non è che uno zotico ignorante, non sarà mai un vero appassionato di nani, e pertanto non è un membro gradito della nostra associazione. La prego di prendere quel suo orribile gnomo di plastica e lasciare la villa seduta stante, l'uscita è da quella parte.» indicò con uno scatto del braccio e una fila di goccioline di sangue mi si stampò sui vestiti all'altezza del petto. «Bene, se è questo che desidera il presidente,» dissi, e ritornai al bar dove mi avrebbe dovuto aspettare David, che però non era là. «Ehi, Algernon, dov'è il mio nano?» urlai. «E cosa vuole che ne sappia io? Anzi lo trovi al più presto perché non voglio vedere quella bruttura accanto alla nostra collezione,» rispose il non più cortese Mr Fleck, ancora in ginocchio di fronte ai resti del suo prezioso pezzo da collezione.

Cercai dietro al bancone e approfittai per lavar via il disgusto che quella scena mi aveva provocato con un altro whiskey, ma di David non c'era traccia; frugai lì attorno, finché non lo vidi che arrancava su uno sgabello per raggiungere il posto dove l'avevo lasciato. Lo presi per il cappello e gli dissi a voce bassa per non farmi sentire da Algernon che piagnucolava nell'altra stanza: «E tu che cazzo stai facendo? Mi sembrava di averti detto di non muoverti.»

Rientrai nella galleria tenendo David per la punta del cappello e dissi: «ancora arrivederci, Mr Fleck.» «Addio,» rispose.

Mentre me ne andavo mi sembrò che tutti i nani della collezione mi osservassero con odio.

Strade Di Città

Scaraventai David sul sedile del passeggero attraverso il finestrino che avevo lasciato aperto, poi salii in macchina.

«Perché ogni volta che succede qualcosa ci sei di mezzo tu?» dissi, «Ti lascio solo per dieci minuti e il pezzo più prezioso della collezione di Algernon finisce in frantumi sul pavimento, come cazzo lo spieghi?»

Sudavo per il caldo e la rabbia, mentre David, come al solito, stava fermo senza nessun segno di vita, tanto da farmi venire il dubbio che parlasse solo perché ero in preda ad allucinazioni dovute al troppo alcol di cattiva qualità. Ma il whiskey che avevo appena bevuto era ottimo, quindi lui doveva essere per forza vivo. «Mi vuoi dire che cazzo stavi facendo là dentro?» urlai. «Cercavo informazioni.» «Tu non devi cercare informazioni, tu devi pagare me perché lo faccia!» misi in moto. «Adesso raccontami che cazzo hai combinato là dentro.»

David era impassibile, in qualche modo si era allacciato la cintura di sicurezza e stava in piedi sul sedile, lo sguardo fisso in avanti. Inchiodai senza nemmeno guardare il retrovisore, poi strattonai David fuori dalla cintura di sicurezza e lo sbattei con violenza sul cruscotto davanti a me. «Allora?» dissi.

Sembrò riprendere vita, si tolse le gocce di saliva che gli avevo sputato in faccia e disse: «Mr Carpenter, io non sono tenuto a darle nessuna spiegazione, come ha giustamente fatto notare poc'anzi nel suo modo colorito, lei è un mio dipendente e solitamente i dipendenti non si rivolgono in questo modo ai loro superiori.»

Non sapevo come replicare, perciò rimasi zitto e con la bocca semiaperta finché non proseguì: «Comunque, stavo indagando sulla morte di Sandy, interrogando dei possibili testimoni.» «Hai scoperto qualcosa?» «No, perché l'unico che sembrava conoscere le circostanze dell'assassinio è stato zittito per sempre da un Flamingo.»

Dissi: «Non c'erano Flamingos vicino ai resti del nano.» «Non c'era perché stava inseguendo me,» rispose. «Quindi tu stai dicendo che un Flamingo è entrato alla villa in pieno giorno, con me e Algernon presente, ha fatto fuori il nano più importante di tutta la collezione senza che nessuno riuscisse a fermarlo, ti ha inseguito per un po' poi ha deciso che era ora di tornare a casa e se ne è andato via tranquillo?» «Prezioso non significa importante,» disse. «Non me ne frega un cazzo della vostra scala di valori, rispondi alla mia cazzo di domanda senza commenti inutili.» «È precisamente quello che è successo,» disse. «Stronzate, tu non me la racconti giusta,» dissi, ma lui si richiuse nel suo mutismo e lasciai cadere il discorso. «La prossima volta lascia indagare me,» dissi, «non voglio che il mio datore di lavoro finisca con il cranio frantumato da un becco.»

Parve infastidirsi per la mia frase, poi disse: «Se la sua paura è non venir pagato, non si preoccupi, Mr Carpenter, le mie finanze sono più che solide e ho già provveduto a disporre che in caso di mia prematura dipartita il suo onorario venga comunque saldato.» poi tirò fuori una mazzetta di banconote e mi allungò un centone. «Questo è un piccolo premio per il suo zelo,» aggiunse.

Mi sembrava di essere un cane che scodinzola a comando quando il padrone gli agita un osso davanti al naso, tuttavia il bisogno era più forte della dignità, perciò gli strappai i soldi di mano.

Prima di infilarmeli in tasca gli chiesi: «E questi dove li hai presi? Non avrai mica ripulito le casse dell'associazione?» «La provenienza dei miei contanti rientra tra i fatti che non la riguardano,» disse.

Ero sempre più convinto che David non me la raccontasse giusta. «Non puoi entrare in un edificio e fregare tutti i soldi che trovi,» gli dissi, sicuro che venissero dalla cassaforte della villa, «è un fottutissimo furto.» «Le ripeto che dove ho preso questo denaro non è affar suo, e comunque visto quanto le hanno chiesto di quota associativa, direi che i ladri sono loro.»

Entrambe le argomentazioni erano più che valide, quindi lasciai cadere il discorso e dissi: «Bene, capo, allora dove vuole che andiamo?» «Sono molto stanco e desidero ritirarmi. Non si disturbi ad accompagnarmi.»

Scese dall'auto e sparì tra i cespugli.

Rimasi seduto con le mani sul volante, pensando a cosa fare: il bar di Bunny era lontano e lì intorno non c'erano posti dove avrei potuto bere a credito. Guardai il centone che mi aveva sganciato David e mi vennero in mente almeno cinque modi, di cui due illegali, per spenderlo, poi però mi vennero in mente anche gli esattori che mi avevano fatto visita il giorno prima e decisi che era meglio infilarlo nel portafoglio e fare in modo che i suoi fratellini andassero al più presto a fargli compagnia.

A quel punto non mi restava altro da fare che mettermi al lavoro.

Ripensai al racconto di David sulla morte del suo amico, c'erano così tanti punti oscuri che era impossibile non pensare a un depistaggio. David sosteneva che era opera dei Flamingos, ma come erano entrati senza che nessuno se ne accorgesse? E quanti erano? Come avevano potuto ucciderlo in mezzo tutti quei nani ed uscire incolumi? E soprattutto, cosa li aveva spinti a infilarsi in un nido di serpenti come la villa per far fuori un nano qualsiasi, che non sembrava nemmeno coinvolto nella faida?

Avrei dovuto indagare più a fondo, ma di tornare all'associazione neanche a parlarne: se David aveva davvero ripulito la cassa e il presidente se n'era accorto, io ero il primo e unico sospettato. Non avevo nemmeno modo di verificare la storia con qualche altro testimone, come si faceva a parlare con un nano da giardino? Si erano nascosti dagli uomini per anni, e non credo che avrebbero voluto fare un'eccezione solo perché glielo chiedevo gentilmente.

L'unica cosa che mi restava da fare era perlustrare le case lì attorno nella vana speranza di trovare qualche indizio. Mi allontanai dalla villa, quello era territorio dei nani e se volevo avere un quadro chiaro della situazione mi serviva anche la campana dell'altra fazione. David aveva detto che si erano spartiti la città in parti uguali, ma non avevo idea di dove fosse il confine fra i due territori, anche se non doveva essere lontano: la villa si trovava nella zona più ricca di giardini della città e sicuramente non poteva appartenere completamente ai nani, se la spartizione era stata davvero equa. Puntai verso sud, finché non cominciai a vedere i fenicotteri rosa nei prati lungo la strada. Non avevo una strategia precisa, quindi vagai per il quartiere osservando le case e le strade, finché trovai un buon posto per parcheggiare; era divieto di sosta ma speravo nessuno si prendesse la briga di controllare che il mio contrassegno della polizia era scaduto da sei anni. Spensi il motore, presi la Ruger dal portaoggetti e scesi.

Camminavo lungo un viale alberato che passava attraverso due file di casette a schiera tutte uguali, sopraffatto dal caldo buttai la sigaretta che avevo appena iniziato, poi ci ripensai e me ne accesi un'altra. Osservavo i prati ben rasati e innaffiati, invidiando la fiducia nel prossimo dei proprietari che non avevano messo nessuna recinzione, e cercavo tracce dei Flamingos. Mi appoggiai a un tiglio per prendere fiato e adocchiai il posto che faceva al caso mio. Il prato era vuoto, eccetto che per un albero e un singolo fenicottero rosa di plastica piantato vicino al vialetto. L'uccisione del nano di porcellana non sarebbe passata impunita e probabilmente una spedizione punitiva dei nani era già in cammino per attuare la rappresaglia. Quel fenicottero solitario era la preda perfetta, ed era abbastanza vicino al confine da incrociare la strada dei nani in cerca di vendetta. Tutto quello che dovevo fare era sedermi lì e aspettare che arrivassero, aggredissero il fenicottero e poi salvare l'uccellaccio prima che ci lasciasse le penne, così mi sarei guadagnato la sua gratitudine e magari anche una dritta per incontrare il capo dei Flamingos. Era un piano perfetto, se si escludevano il caldo soffocante e il fatto che non si vedevano nanetti all'orizzonte. Decisi perciò di dedicarmi all'attività prediletta di ogni detective privato: l'appostamento. Tornai all'auto e parcheggiai abbastanza lontano da non insospettire eventuali vicini impiccioni ma sufficientemente vicino da poter osservare chiaramente il prato, poi mi preparai ad aspettare.

Dopo sedici sigarette e una corsa dietro l'albero per pisciare, conclusi che i Lil' Boyz non si sarebbero fatti vedere almeno fino a notte inoltrata, e che il bar di Bunny non era poi così fuori mano, quindi lasciai temporaneamente l'appostamento e andai a farmi una pinta di birra. Le pinte divennero due, poi tre, alla fine quattro, e quando tornai alla villetta in autobus, perché non ero più in grado di guidare, il sole era calato da un pezzo. Le luci all'interno erano tutte spente e anche dalle altre case non ne venivano abbastanza per rischiarare il prato; siccome

la mia auto era rimasta da Bunny pensai che sarebbe stato
più comodo aspettare seduto sui tre scalini che davano
sul retro, quindi mi avventurai sul vialetto di entrata, sicuro che i proprietari non mi avrebbero notato. Arrivato a
metà mi accorsi che il fenicottero non era più dove l'avevo visto il pomeriggio e mi guardai attorno pensando si
fosse spostato, ma l'alcol e l'oscurità non mi permettevano di distinguere niente fra le ombre. Barcollai a casaccio
nel giardino, rischiando di farmi notare da qualcuno, finché mi sembrò di scorgere qualcosa che si muoveva. Mi
avvicinai e trovai il fenicottero, disteso a terra con il collo
spezzato e le zampe piegate in un angolo raccapricciante.
«Merda,» urlai, «merda, merda, merda.»

Mi ero lasciato sfuggire i Lil'Boyz e ci era scappato
un altro morto, e quel che era peggio non avevo ancora
una minima traccia. Di questo passo David mi avrebbe
mollato e gli esattori di Codadiporco si sarebbero cucinati
i miei testicoli. Tutto per colpa di Bunny e delle sue birre.
Stavo per andarmene quando il fenicottero fece un rumore; mi inginocchiai accanto a lui e dissi: «Ehi, amico,
puoi parlare?»

Gorgogliò qualcosa che mi parve un sì. Feci luce con
lo Zippo e gli dissi: «Tieni duro ancora un po', mentre
cerco il modo di rimetterti assieme,» ma sapevo che era
ridotto troppo male per cavarsela. «Lascia perdere, per
me è finita,» riuscì a dire, con una voce così flebile che
dovetti avvicinarmi ancora per sentirlo. «Questa faida»
continuò «non...» «Non deve continuare, lo so,» dissi,
«la fermerò, prima che ci siano altri morti.» «No,» disse
con una forza che mi spaventò, «non è... i fenicotteri non
sono... solo nano...» poi si zittì per sempre.

Picchiai il pugno sull'erba, affondando le nocche nel
terreno umido. Sentivo sulla coscienza il peso di quella

morte, anche se si trattava solo di un fenicottero di plastica rosa. Se non mi fossi allontanato forse avrei potuto salvarlo e avrei avuto in mano qualcosa di più che i deliri sconnessi di un gallinaccio morente; ma non aveva senso piangere sul latte versato, dovevo rimettermi subito in marcia per risolvere il caso, quindi mi rizzai in piedi, alzai gli occhi, e mi ritrovai nella merda.

Ero circondato da fenicotteri, di tutti i colori. Sotto la luce della luna appena sbucata dalle nubi brillavano come drag queen al gay pride, ma erano sicuramente molto meno ben disposti nei miei confronti. Mi fissavano con i loro occhietti tondi minacciosi, ma non sembravano voler attaccare, se mi avessero voluto morto avrebbero potuto colpirmi mentre ero accucciato vicino al loro amico morente senza lasciarmi il tempo di reagire, quindi forse avevo qualche speranza di cavarmela.

Valutai rapidamente le mie possibilità di fuga e mi accorsi che non ne avevo: dovunque mi girassi c'era un fenicottero, quindi sfoderai tutta la mia spacconeria nel tentativo di guadagnare un po' di tempo per inventarmi qualcosa. Tirai fuori lo Zippo e con una sola mano mi accesi una sigaretta. Dopo una lunga boccata e una pausa provata centinaia di volte davanti allo specchio dissi con la voce più profonda che avevo: «Ragazzi, come butta?»

Nessuno rispose. «Bella serata per passeggiare,» continuai e feci due passi verso la strada, ma il cerchio di gallinacci si mosse assieme a me. «Che si dice dalle vostre parti?» un altro passo sul vialetto e il cerchio che mi si stringeva attorno.

Buttai la sigaretta e cambiai tono: «Allora, a che gioco stiamo giocando?» dissi, «Se volete ammazzarmi fatevi sotto e vediamo quanti dei vostri colli riesco a spezzare, altrimenti spostatevi che ho un autobus da prendere.» con la mano andai a cercare la Ruger nella fondina, anche se dubitavo della sua reale utilità: avevo sei colpi nel tamburo e attorno a me c'erano più di venti becchi.

Il più grosso di loro, un fenicottero rosa sbiadito alto quasi mezzo metro, che doveva aver visto tempi migliori, si fece avanti. «L'hai ucciso tu?» chiese. «Chi, lui?» mi girai verso i resti del poveretto, «Ma nemmeno per idea, L'ho trovato qui e ho cercato di aiutarlo.»

Un altro passo verso di me. Indietreggiai, ma li avevo tutt'intorno, allora estrassi la Ruger e la puntai a casaccio nel mucchio, mirando a quelli che sembravano essere più vicini. «Non ci provate nemmeno ad avvicinarvi o vi riduco in coriandoli,» dissi.

Si fermarono, continuando a fissarmi mentre spostavo la mira da uno all'altro, ma non sembravano particolarmente impauriti.

Non avevo idea di quanto potessero essere pericolosi quei piccioni sintetici, però non mi andava di scoprirlo in quel momento, e non volevo nemmeno che qualche passante, vedendomi lottare con uno stormo di arredi da giardino, chiamasse gli sbirri o la neuro, quindi optai per un gesto pacificatore che li inducesse a più miti consigli, e rinfoderai la pistola. «Sentite, ragazzi, cerchiamo di calmarci un attimo e proviamo a ragionare,» dissi, «vi ripeto che non ho torto una piuma al vostro amico.» «Tu dici di non averlo ucciso, ma ti abbiamo trovato accucciato sopra di lui.» «Cercavo di aiutarlo,» gridai. «Gli uomini non ci aiutano, mai. Non sanno nemmeno che siamo vivi.» disse il rosa. «Che motivo avevo per farlo fuori?» risposi. «Voi uomini fate cose che per noi non hanno senso.» «Come essersi introdotti di notte in una proprietà altrui per distruggere un oggetto di plastica, rischiando che il proprietario mi vedesse e chiamasse la polizia, o peggio mi impallinasse? Dai amico, lo capisci anche tu che è assurdo.» Questi cercavano qualcuno da linciare, non gliene fregava niente del cadavere.

Non li avevo convinti. Non avevo convinto nemmeno me stesso. Passarono lunghi silenziosi minuti in cui sentivo il sudore scendere lentamente lungo la schiena e inzupparmi la camicia, poi il capo fenicottero parlò: «Non ci hai convinto e non ti conosciamo.» Appunto. «Ma noi siamo gente pacifica che non cede alla violenza solo per dei sospetti.» «Significa che mi lasciate andare?» dissi. «No, vuol dire che ti spetta un giusto processo.»

Scoppiai a ridere. «Un processo? Qui sul prato? E chi sarebbe il giudice, tu?» «Esattamente.» La risata mi si spense in gola. Cazzo, questi facevano sul serio. «Allora voglio un avvocato,» dissi. Guardavo il fenicottero, cercando il suo sguardo, sempre che ne avesse avuto uno; lui ticchettò con il becco, ma non disse nulla. «Ehi, amico, ti ho detto che voglio un avvocato, non avete mai sentito parlare di difensori d'ufficio?» Loro avevano iniziato questa farsa, ma il primo attore lo avrei fatto io. «Nessuno vorrà mai rappresentarla,» disse il fenicottero. «E questo lo chiamate processo? Parlate di giustizia ma non siete migliori di chi ha ucciso il vostro amico, questo è un linciaggio bello e buono, ecco cos'è.» Cercavo di guadagnarmi il loro favore, ma interpretarne le espressioni era anche più difficile che coi nani; in qualche modo però li avevo colpiti, perché stavano tutti zitti e puntavano i becchi alternativamente tra me e il loro capo, come seguissero una partita di tennis. «Se nessuno vuole difendermi, allora lo farò da solo,» conclusi.

Il giudice sembrò pensarci su, poi disse: «È accettabile. Pubblico ministero, formuli le accuse.»

La sceneggiata diventava sempre più grottesca e raggiunse il suo apice quando un fenicottero nero con due led al posto degli occhi si fece largo tra i suoi simili. «E quello chi sarebbe, il terminator dei fenicotteri?» dissi, ma nessuno apprezzò. «Dica il suo nome,» cominciò quello, ignorando le mie battute. «Quale preferisci?» Risposi facendo l'occhiolino. «Per favore, le sue generalità,» continuò imperterrito.

Sospirai. «Carpenter, mi chiamo Vince Carpenter.» «Bene, Mr Carpenter, vuole raccontarci perché si trovava accanto al cadavere del nostro compagno Faulkner?»

A quel punto mi ero proprio rotto le palle, scossi la testa e dissi: «Sentite, ragazzi, vi ho detto che non ho ucciso il vostro amico, fino a un secondo fa non sapevo nemmeno che avesse un nome, quindi smettiamo la con questa sceneggiata e-» «Per favore, risponda solo alle domande, astenendosi dai commenti non richiesti,» mi interruppe, i led puntati verso di me.

Sospirai di nuovo. Non c'era modo di ragionare con loro, o cercare di giustificarsi, o suscitare un qualsiasi sentimento in loro; potevo solo assecondare la loro inarrestabile logica fino in fondo. «Cercavo di aiutarlo,» dissi. «Dopo averlo ferito a morte?» «Io non gli ho fatto niente, quante volte devo ripetervelo?» urlai, schiaffeggiando l'aria. «E allora perché era chino su di lui quando siamo arrivati?» «Mi sono avvicinato perché lui voleva dirmi qualcosa.» «Uno dei nostri? Che voleva parlare con un umano? Lo trovo molto improbabile, se non del tutto assurdo.» «Senti, specie di lampada da tavolo, che tu ci creda o no il vostro amico cercava disperatamente di dirmi qualcosa prima di morire, forse proprio il nome del suo assassino.» «E perché avrebbe dovuto farlo?» «La prima cosa che mi viene in mente è che voleva essere vendicato.»

Il fenicottero ascoltava camminando avanti e indietro come un soldatino a molla, poi si fermò e disse: «Io invece credo che volesse finirlo prima che noi lo vedessimo.»

Questa volta ero io a fare le domande: «E per quale motivo avrei dovuto farlo?» «È quello che appureremo in questa sede,» intervenne il giudice. «Che cosa? Se sono colpevole, o perché ho ucciso il vostro amico?» dissi, ma il giudice non ebbe modo di rispondere perché la siepe dietro di lui esplose e una torma di nani si avventò su di lui.

Erano buffi e scoordinati, ma letali: colpivano con precisione, armati di coltelli alti quanto loro, e mozzavano teste e zampe con rapidità e determinazione.

Per il giudice non ci fu nulla da fare, colto di sorpresa fu il primo a cadere sotto i colpi dei nani, senza possibilità di difendersi; gli altri fenicotteri invece, incapaci di reagire all'imboscata, osservavano la propria morte con occhi sbarrati, senza scappare, senza nemmeno capire quello che stava succedendo.

Era una lotta silenziosa e asettica, con solo il rumore dei colpi e delle vittime che si spezzavano; non c'erano urla, non c'erano imprecazioni, non c'era l'odore del sangue che saliva alle narici e agli occhi, solo plastica e gesso. E tutto sarebbe finito molto presto, vista l'efficacia con cui colpivano i nani.

Il mio accusatore stava per essere sopraffatto da quattro nanetti che lo avevano accerchiato e si preparavano a farlo a pezzi; d'istinto corsi verso di lui e colpii con un calcio uno dei nani che lo accerchiava, facendolo volare in aria. Sentii uno scricchiolio, come se si fosse rotto qualcosa, e non capii se erano le mie ossa o la faccia del nano, poi il dolore esplose e mi paralizzò per un momento. Mi ripresi prima che gli altri tre assalitori capissero cosa stava succedendo, afferrai il fenicottero per il collo e scappai via, verso la strada.

Tentarono di inseguirmi, ma essere alti un metro e ottantadue ha i suoi vantaggi in una gara di velocità contro delle statuette di sessanta centimetri, anche con l'handicap di un piede malconcio.

Zoppicai per un paio di isolati, stringendo il volatile per il collo, poi mi fermai con la schiena appoggiata a un lampione, sull'orlo di una crisi polmonare ma abbastanza sicuro di averli seminati.

Qualcosa si agitava alla mia sinistra, guardai in basso e mi accorsi che stavo ancora stringendo il fenicottero per il collo; lo lasciai e con la mano di nuovo libera frugai nelle tasche alla ricerca delle sigarette. «Perché mi ha portato via di là?» urlò appena libero, «Devo tornare ad aiutare i miei compagni.» e mi beccò sul piede ferito. Urlai di dolore e repressi a fatica l'impulso di farlo volare in mezzo alla strada con un calcio; mi chinai a raccogliere la sigaretta che mi era caduta e gli dissi fissandolo dritto nei led che luccicavano nella fioca luce del lampione: «L'ho fatto per salvare la tua miserabile vita, se non ci fossi stato io ti avrebbero fatto a pezzi come tutti gli altri, e probabilmente avrebbero ammazzato anche me, già che c'erano.» «Ma per quale motivo ci hanno assalito?»

Questi fenicotteri erano più stupidi delle galline. «Certo che per essere un avvocato non sei molto sveglio,» dissi, osservando la parabola color sangue del mozzicone lanciato via.

Lui inclinò la testa da un lato. «Vi hanno attaccato perché voi avete fatto fuori il loro personaggio più illustre, e a casa loro per giunta.»

Scandii le parole come stessi parlando a un sordo.

Inclinò la testa dall'altro lato. «Voi avete ammazzato un nano, e loro si sono vendicati. È più chiaro adesso?» «Nessun fenicottero ha mai fatto del male a un nano, se non per legittima difesa,» rispose lui. «Senti, avvocato, puoi chiamarla come vuoi, ma il fatto è che uno dei vostri ha fracassato il petto al nano personale del Re di Francia proprio dentro la sede dell'ASCuNOG,» dissi. «Lei ha assistito al fatto?» chiese. «Ho visto il cadavere.» «Ma non l'assassino.»

Aveva ragione, non potevo essere sicuro che fosse davvero opera dei fenicotteri, anche se era la spiegazione più ovvia. La più ovvia, ma non la più logica.

Mi accesi un'altra sigaretta e dissi: «Non c'è di che.» «Scusi, ma non capisco.» «Ho dato per scontato che volessi ringraziarmi per averti salvato la vita e ti ho risparmiato la fatica,» dissi, «ora, se non ti dispiace, devo andare a prendere l'autobus, a meno che il signor pubblico ministero non abbia intenzione di riprendere il processo.»

Nessuna risposta. «Come immaginavo,» dissi, e mi avviai verso la fermata, mentre i primi tuoni di un temporale estivo brontolavano in lontananza.

Poco dopo iniziò a piovere e aspettai l'autobus per quarantacinque minuti. Quando arrivai a casa ero bagnato come un pulcino e il piede mi faceva un male cane.

'Maledetto nano di merda,' pensai, 'ti metterò in conto ogni secondo di questa bella nottata.'

Non C'è Due Senza Tre

Sentii qualcuno armeggiare con le chiavi, poi Moll si fiondò dentro accendendo tutte le luci e tirando su le persiane con un frastuono colossale. «Devi andare via di qui,» disse, «stanno venendo a prenderti.»

Cercai di recuperare un minimo di coscienza e bofonchiai: «Ma che è, questa settimana c'è una gara a chi mi fa fare il risveglio più di merda? E chi è che sta venendo a prendermi?» «La polizia,» disse Moll, mentre raccoglieva le bottiglie vuote e svuotava i portacenere, come se avessero voluto arrestarmi per sporcizia colposa. «Pensavo fossero Mortimer e Randolph,» dissi, e mi stiracchiai.

Sentendo quei nomi s'irrigidì e la sua voce ebbe un tremito quando mi chiese: «Perché quei due dovrebbero venire a cercarti? Non ti sarai mica indebitato con Codadiporco, quello è uno pericoloso.» «Non preoccuparti di loro, adesso.» «Hai ragione,» disse, e mi tolse la coperta di dosso, «la polizia sarà qui tra poco, li ho visti al market di Prabhat che chiedevano di te, devi andare via subito.»

Prese il mio vecchio borsone da viaggio e iniziò a buttarci dentro vestiti a casaccio.

Forse non ero stato così bravo a seminare i due angeli custodi e mi avevano visto entrare all'ASCuNOG; se era andata come credevo, a quest'ora Algernon aveva sicuramente scoperto il furto e chiamato la polizia, e anche l'ultimo dei pivelli avrebbe fatto due più due.

Non andava per niente bene, ma non c'era nulla contro di me e scappare mi avrebbe solo messo nei guai. «Datti una calmata,» dissi a Moll, «non ho fatto niente, non ho bisogno di fuggire.»

Si bloccò, poi lasciò cadere la borsa. «Scusa, ma quando ho capito che ti cercavano mi sono preoccupata, ti metti sempre nei guai e non volevo che finissi dentro.» «Sarebbe la seconda volta questa settimana.» «E poi non mi piacciono i poliziotti.»

Mi avvicinai zoppicando perché il piede si era gonfiato come un pallone da football. «Io ero un poliziotto,» dissi. «Ma con te è diverso.» Abbassò lo sguardo.

La abbracciai e le accarezzai i capelli. «Moll, sempre così premurosa.»

Si lasciò andare tra le mie braccia, affondando il viso nella mia spalla. Il suo respiro era più calmo e potevo sentire i battiti del suo cuore rallentare. Ricambiò l'abbraccio accarezzandomi la schiena, poi sospirò lungamente.

Mi separai da lei. «Per favore prepara del caffè per i nostri ospiti,» dissi. «Ti ricordo che sono la tua segretaria, non la tua cameriera. E non mi stai nemmeno pagando,» grugnì.

Le mandai un bacio e lei si avviò borbottando verso il cucinino.

Poco dopo la porta si aprì e due piedipiatti fecero capolino sull'uscio. «È permesso?» disse il primo, «Dovresti chiudere la porta, Carpenter, questo è un brutto quartiere.» «Mahoney, qual buon vento?» dissi, «Entra pure, non stare lì sulla porta.» Dovevo immaginare che avrebbe fatto di tutto per essere lui quello che mi veniva a prendere.

Vennero avanti, Mahoney per primo, e si fermarono nel centro della stanza, mani dietro la schiena e cappello in testa. «Caffè? L'ho appena fatto,» dissi, poi mi girai verso Moll: «puoi scendere a prendere delle ciambelle per favore? Magari i nostri ospiti vogliono fare colazione.» «Perché non vai tu a prendere le ciambelle per i tuoi amici?» disse, poi prese la borsa e uscì, scansando gli sbirri senza degnarli di uno sguardo. «Dovete scusarla, tende a essere iperprotettiva nei miei confronti, soprattutto quando due piedipiatti vengono a trovarmi a casa senza invito,» dissi, «non diteglielo, ma sospetto abbia una cotta per me.»

Sorrisi. Mahoney mi fissava impassibile mentre il suo collega si guardava attorno con disinteresse.

Mahoney mi disse: «Che ne sai di…» aprì un bloc notes «l'Antica Società Cultori Nani e Orpelli da Giardino?»

Dissi: «L'ho sentita nominare, perché?» «Furto. Hanno svuotato la tesoreria.» «Allora avevo ragione, maledetto sgorbio dal cappello a punta,» sibilai. «Prego?» disse Mahoney. «Niente, pensavo ad alta voce.» «Potresti condividere i tuoi pensieri con noi,» disse, poi si girò verso il collega. «Vero Joe?» Joe annuì lentamente con la faccia di chi non aveva la minima idea di cosa stessimo parlando, poi ritornò alla sua apatia.

Risposi: «Veramente si tratta di pensieri molto riservati.»

Mahoney fece un ghigno e disse: «Forse ti potresti sentire più propenso alla condivisione nella sala interrogatori del dipartimento.»

Sospirai. «Non fare questo gioco con me, Chris,» dissi, «ero in polizia prima che tu smettessi di succhiarti il pollice e non mi faccio certo intimidire da due pivellini come voi.»

Alla parola pivellini Joe si destò, come un cagnolino abituato al richiamo della pappa e, assicuratosi che nessuno ce l'aveva con lui, ripiombò nel torpore. Mahoney invece schivò il colpo e mantenne il suo ghigno stampato sulla faccia, poi disse: «Hai ragione, Vince, dimenticavo con chi ho a che fare; tu sai meglio di me che mentire o tacere informazioni importanti alla polizia può causarti solo guai, quindi non c'è bisogno che ti esorti a raccontarmi quello che sai.»

Se erano qui, Algernon gli aveva parlato di me e in qualche modo avevano scoperto la mia falsa identità. Non che avessi fatto molto per camuffarmi, ma mi stupiva ci avessero messo così poco. «Ci sono andato ieri,» dissi.

Il ghigno di Mahoney si allargò così tanto che pensai gli si sarebbe staccata la pelle dalle ossa. «Ora andiamo d'accordo.» «Toglimi una curiosità,» dissi, «Come avete fatto a trovarmi?»

A quel punto il ghigno divenne una risata. «Sei l'unico coglione che va in giro con l'impermeabile a giugno.» «Impermeabile o no, non l'ho ripulita io,» dissi, «Sono stato tutto il tempo con il presidente, chiedeteglielo pure, confermerà.» «Lo ha già fatto, e ci ha anche detto che ti chiami Dashiell Hammett,» rispose, «e sai meglio di me che dare false generalità è un reato.» «Sei venuto ad arrestarmi per questo?» chiesi, «E comunque ero nel corso di un'indagine, quindi dovevo proteggere la mia identità.» Senza molto successo, a quanto pareva.

Alzò la voce: «Della tua identità non mi frega un cazzo, io voglio sapere chi ha svuotato la cassa.» «E da quando i detective vanno in giro in uniforme?» lo punzecchiai.

L'avevo colpito nel vivo, perché le orecchie gli divennero rosse e le vene del collo iniziarono a pulsare. Joe trattenne un risolino che rivelava come anche lui possedesse un barlume di intelligenza. «Vai a farti fottere, Carpenter.» disse, e minuscole goccioline di saliva brillarono nel sole che filtrava dai vetri polverosi, «Il tuo misero alibi non ti scagiona, potresti aver avuto un complice che si dedicava alla cassaforte mentre tu intrattenevi il signor Fleck.» «Un complice, io? Non saprei nemmeno dove andarlo a cercare, il mio unico amico è Bunny il barista, e non sono nemmeno sicuro di lui.» Mi pentii subito di quella frase: quella carogna di Mahoney ce l'aveva così tanto con me che sarebbe potuto andare a rompere le scatole pure a Bunny. «Non serve essere amici per spartirsi il malloppo,» disse. «Già, ma come vedi qui il malloppo non c'è,» e allargai le braccia per indicare l'appartamento.

Mahoney fece una risatina. «OK, non sei certo un genio,» disse, «ma lasciare la refurtiva in bella vista nel tuo appartamento sarebbe troppo stupido perfino per te, vero Joe?»

Allertato dal rumore, Joe si unì alle risate del partner. «Lusingato della tua considerazione,» dissi, «ma il fatto rimane: qui non c'è nessun malloppo.»

La risata si trasformò in un sorriso beffardo. «E se ci mettessimo a cercarlo?» disse. «Fammi vedere il foglio firmato dal giudice e ti lascio anche fare un pisolino sul divano,» risposi sorridendo a mia volta.

Restammo a fissarci in silenzio, mostrando i denti come cani rognosi, finché Moll non entrò con in mano una scatola di ciambelle calde.

Joe ci ficcò dentro entrambe le mani, mentre Mahoney non le degnò di uno sguardo.

Mi appoggiai al muro con le braccia conserte e dissi ostentando indifferenza: «Visto che non vuoi fare colazione con noi e non hai niente per arrestarmi, perché non ti togli dai coglioni e già che ci sei, mi porti giù la spazzatura?»

Quasi sentii il rumore delle sue mascelle che si serravano e le sue nocche divennero bianche attorno al manico della tazza che stringeva; per un attimo pensai me la volesse lanciare contro, poi si rilassò. «Formalmente non sei accusato di nulla,» disse «ma è meglio che non lasci la città.»

Feci spallucce. «Peccato, dovrò annullare il mio viaggio in Polinesia,» risposi.

Appoggiò la tazza sui miei appunti, schizzando deliberatamente il caffè sui fogli, poi si rivolse a Moll e disse toccandosi il cappello in segno di saluto: «Grazie per la colazione signorina, è un'ospite molto cortese. A differenza di qualcun altro...» Prese per un braccio il suo collega che si stava leccando la glassa dalle dita e disse: «Dai Joe, andiamo, e datti una ripulita alla faccia, per carità, sembri un clown.»

Moll aprì la bocca per rispondere ma la mia occhiataccia le ricacciò in gola quello che stava per dire.

Sulla porta, prima di uscire, si girò e disse: «E cerca di essere più educato, Carpenter, col tuo tono prima o poi farai arrabbiare qualcuno.» Mi salutò facendo la pistola con pollice e indice e schioccando la lingua, e se ne andò portandosi dietro Joe con una ciambella in mano.

Quando fu sicura che se ne fossero andati, Moll disse: «I poliziotti non mi piacciono proprio, soprattutto quel Mahoney.» «Figurati a me,» risposi. 'Però sua moglie non era niente male' pensai, e mi venne da sorridere.

Moll mi ridestò da quel pensiero perversamente felice incalzandomi di domande a cui non avevo voglia di rispondere. «Cosa volevano, Vince? Di che ti accusano? Cosa hai fatto? E perché sorridi? Non mi pare ci sia niente di divertente.» «Una domanda alla volta per favore,» dissi. «Perché la polizia è venuta qui? Cosa hai combinato?»

Finalmente riuscii a bere un sorso del mio caffè ormai freddo e ad accendermi la prima sigaretta. «Queste sono due domande,» dissi, «ma non preoccuparti, piccola, è tutto a posto, sono venuti qui solo perché una persona con cui ho parlato ieri è stata derubata, e siccome Mahoney ce l'ha con me non ha perso l'occasione per tormentarmi.» «Ti ho detto mille volte di non chiamarmi piccola,» disse, «mi fa proprio arrabbiare,» ma poi sorrise.

Guardai l'orologio a parete: le nove e mezza. «Cazzo, non mi svegliavo così presto da quando ero di pattuglia, visto che sono in piedi tanto vale mettersi al lavoro.»

Moll mi sgridò: «Vince, modera il linguaggio, sei sempre volgare.» «Ma a me piace essere volgare,» risposi, e la baciai sulla guancia.

Mi accompagnò fino alla porta brontolando e disse: «Come al solito qui devo fare tutto io, tu te ne vai e lasci la casa un casino, mica sono la tua serva.» «No, sei il mio tesoro,» dissi, e lei arrossì.

Scesi le scale zoppicando, quel dannato piede mi faceva sempre più male, ma per fortuna lei non se ne accorse, altrimenti avrei dovuto subire un'altra ramanzina sul fatto che dovevo stare attento, non avevo più vent'anni e prima o poi mi sarei fatto ammazzare e lei avrebbe dovuto riconoscere il mio cadavere all'obitorio. Ed ero stanco delle ramanzine.

Pausa di Riflessione

La visita di Mahoney mi aveva messo di cattivo umore, primo perché se c'è una cosa che non sopporto è avere gli sbirri in casa, e in particolar modo lui, secondo perché mi portava a pensare che il mio cliente mi stesse usando come paravento per le sue attività criminali, e io sarò pure uno spiantato, ma non un ladro. E se David voleva usarmi come alibi, doveva pagarmi ben più di un centone al giorno più le spese.

Scesi in strada e mi guardai intorno in cerca della Gran Torino. Stavo per mettermi a urlare e maledire il ladro che se l'era portata via, quando mi ricordai che era ancora parcheggiata di fronte al bar di Bunny.

'Poco male,' pensai, 'così ho la scusa per farmi un drink.'

Prima però dovevo trovare un mezzo di trasporto perché il piede mi faceva troppo male per camminare; anzi era meglio passare prima in ospedale, tanto ridotto così non sarei mai stato capace di guidare.

L'autobus mi smontò nello stesso parcheggio dove due giorni prima gli infermieri avevano deposto poco delicatamente il mio sedere, sotto la supervisione di quella megera di Enrichetta. Il pensiero di avere ancora a che fare con quella dannata infermiera era quasi peggiore del dolore al piede, ma non c'erano alternative, quindi mi feci forza e salii zoppicando i tre gradini.

Mi avvicinai furtivo alla porta a vetri e sbirciai all'interno per assicurarmi che l'infermiera non fosse alla reception, ma la fotocellula si accorse di me, aprendo la porta scorrevole e lasciandomi come un idiota piegato in avanti con le mani appoggiate al nulla. Mi drizzai, schiarii la voce e avanzai ostentando tutta la nonchalanche di cui ero capace, andando a sedermi buono buono nella sala d'aspetto del pronto soccorso, sotto lo sguardo sospettoso della ragazza all'accettazione.

In coda prima di me c'era il solito campionario di anziani ipocondriaci, ubriachi, tossici e disperati che cercavano solo un posto dove stare; e tutti si accalcavano cercando la sedia più comoda o il numero in fila più basso. Mi sistemai in un angolo appartato preparandomi a una lunga attesa: slacciai un paio di bottoni della camicia, appoggiai il piede dolorante sulla pila di giornali abbandonata sul tavolino di fronte a me e tirai fuori il bloc notes per fare il punto dell'indagine. Tracciai una linea verticale sul foglio, dividendolo in due colonne: *Risultati*, sulla sinistra, e *Domande*, sulla destra.

Fino a quel momento mi avevano svegliato malamente, minacciato di amputazioni e morte, tentato di linciare, incriminato in un processo per fenicottericidio, cacciato da ospedali, ma l'unico risultato che avevo ottenuto era scoprire che esistevano due bande rivali di nani da giardino e fenicotteri di plastica in guerra fra loro per una storia di territori e sconfinamenti.

Sulla colonna di sinistra scrissi in stampatello: *Nani e fenicotteri parlano*. Ci pensai un po' su e aggiunsi sotto: *E sono tutti fuori di testa*.

La colonna *Domande* mi diede molto più da lavorare:

David, innanzitutto, cosa voleva veramente? La pace tra i due popoli? Una vendetta? O qualcos'altro? E tutto questo come si collegava alla vicenda dello Spifferone? Era una coincidenza o qualcuno veramente aveva fatto in modo che fossi costretto ad accettare il caso? Potevo andare a chiederglielo, era ancora ricoverato al piano di sopra, se non fosse che era del tutto uscito di melone e che se l'infermiera mi avesse beccato di nuovo non me la sarei cavata solo con qualche livido al sedere.

Anche le uccisioni erano strane, o meglio, più strane del livello medio di stranezza di tutta la faccenda: il primo era stato Sandy, fatto fuori dai fenicotteri proprio nel covo dei nani, dentro l'ASCuNOG, senza che nessuno se e accorgesse, senza nemmeno un movente: estraneo alla faida, nuovo ospite dell'associazione, era l'esatto opposto della vittima designata, eppure era stato ucciso sotto gli occhi di diecimila nani. Era assurdo anche per la mente di un uccellaccio di plastica.

E poi lo avevano fatto di nuovo, stesso modus operandi: entrano, ammazzano qualcuno a caso, ed escono senza farsi notare da nessuno; una volta era sospetta, due del tutto inverosimile.

E come se non bastasse si era messo in mezzo il ladro che aveva ripulito le casse dell'associazione, concentrando su di me i sospetti di Mahoney e i suoi sgherri. Sembrava che ogni crimine commesso in città avesse in qualche modo a che fare con la villa e con David, tutte le tracce indicavano lui come il misterioso ladro, e se era così voleva dire che quel botolo maledetto mi stava usando per coprire i suoi traffici, e che probabilmente tutto quello che mi aveva raccontato era una spudorata panzana.

La colonna delle domande era ormai piena mentre la massa di persone di fronte a me non accennava a diminuire e il piede era una tortura continua; non sapevo da quanto stavo aspettando, però era sicuramente troppo. Mi alzai sull'unico piede collaborativo che mi era rimasto e urlai: «Insomma, cosa devo fare qui per vedere un dottore, tirare le cuoia?»

Qualcuno si girò a guardarmi con aria scocciata, ma la maggior parte dei presenti non si curò di me e continuò a farsi gli affaracci suoi. «Allora, siete sordi o rincoglioniti?» continuai, «Ho bisogno di un antidolorifico!» «Ancora lei? Cos'è, mi perseguita?» Sentii una voce dietro di me, poi una mano mi si posò sulla spalla e mi schiacciò di nuovo sulla sedia.

Enrichetta comparve nel mio campo visivo, con una faccia per niente amichevole. «Buongiorno,» le dissi. «Mi dica cosa vuole prima che la faccia cacciare di nuovo,» rispose. «Il piede,» dissi, «è gonfio come una zampogna e fa un male d'inferno.» «Un duro come lei che si lamenta per un dolorino al piede,» disse, «mi delude, Mr Carpenter.» «La statua di gesso che ho preso a calci era più dura di me,» borbottai.

Scosse la testa più volte e disse: «Ok, facciamo così: il piede glielo guardo io, poi lei se ne va e non si fa più vedere a meno che non stia morendo e questo sia l'unico ospedale dove possono salvarla. Ci sta?»

Senza aspettare la mia risposta sgomberò il tavolino dalle riviste, mi prese la gamba, ce l'appoggiò sopra e mi sfilò la scarpa. Mi avrebbe fatto meno male infilare il piede dentro un tritacarne, ma non le diedi la soddisfazione di sentire che mi lamentavo.

Mi tastò il piede con la delicatezza di un batticarne, facendo dei versi mugugnanti e blaterando qualcosa in medichese, ma io non l'ascoltavo perché tutta la mia attenzione era tutta concentrata su un vecchio quotidiano che spuntava dal mucchio di riviste. «Carpenter, ha capito quello che ho detto?» disse. «Mi scusi, ero distratto.» «Me ne ero accorta. Non sembra ci siano fratture, ma per essere sicuri dovremo fare una radiografia, venga con me.» «Come?» risposi, «sono nel bel mezzo di un'indagine, non posso perdere altro tempo, mi dia qualcosa per il dolore e tolgo il disturbo.»

Sul giornale che avevo adocchiato c'era un articolo che poteva rispondere a molte delle mie domande sul caso. «Eh no, mio caro, ha fatto tutto questo casino per essere visitato e ora viene con me in sala raggi, senza fiatare.» disse, e non dava l'impressione di poter accettare rifiuti.

Infilai il giornale in tasca, mi alzai e dissi: «D'accordo.»

Mezz'ora dopo uscii dall'ospedale senza fratture e con un flacone di antidolorifici in tasca. Sull'autobus, seduto al posto riservato agli invalidi aprii il giornale: era vecchio di dieci giorni e a pagina sedici, in cronaca locale, un articolo diceva: *Si rovescia camion di gnomi, autostrada bloccata per tre ore.*

Fuoco e Fiamme

L'auto era dove l'avevo lasciata, nel parcheggio sul retro di Bunny, ma insieme a lei c'erano i due ragazzi di Codadiporco che la osservavano nascosti in una macchina nera oltre la strada, e i miei angeli custodi in divisa che invece aspettavano all'imbocco del parcheggio senza curarsi di stare nascosti.

Entrai nel bar per rinforzare l'effetto dell'antidolorifico con una birretta, Bunny mi salutò con il solito cenno del mento. «Ehilà,» dissi, «sembra che io sia diventato piuttosto popolare da queste parti.» «Allora quell'affollamento di guardoni là fuori è merito tuo,» rispose. «Li hai notati anche tu?» «I due beccamorti stanno ad arrostirsi al sole da più o meno tre ore.» disse. «E gli sbirri?» «Si vede da lontano un miglio che stanno aspettando qualcuno.»

Fece scivolare il boccale verso di me, lo ringraziai e dissi: «A questo proposito, vorrei scrollarmi di dosso l'allegra compagnia e avrei bisogno del tuo aiuto.» «Vuoi che mandi qualcuno a zonzo con la tua macchina?» chiese. «Veramente preferirei che tu li distraessi mentre io me la svigno con la Torino.» «Normalmente mi farei pagare per questo, ma visto che sei un cliente abituale ti faccio un regalo. E poi non mi sono mai piaciuti gli sbirri.» «Io ero uno sbirro.» «Lo so, ma con te è diverso.»

Alzai il boccale e lui lo colpì con uno vuoto. «Non bevo mai sul lavoro.» disse. «Sì, come no.»

Mi squadrò, si passò la mano sulla barba di tre giorni

e disse: «Vediamo un po', Ciccio il lavapiatti è più o meno della tua taglia.» «Ehi, Ciccio, vieni qui un attimo,» urlò ficcando la testa oltre la porta che dava sulla cucina.

Ciccio arrivò asciugandosi le mani su uno strofinaccio unto. «Che c'è, capo?» disse. «Conosci il mio amico Vince?»

Fece segno di sì con la testa e disse: «Buongiorno, Mr Carpenter.» «Chiamami pure Vince.» «Bunny continuò: «Ciccio, il nostro amico Vince, qui, ha bisogno di un favore: dovresti metterti il suo impermeabile e il cappello e farti una passeggiata, tirandoti dietro i quattro avvoltoi che sono qua fuori ad aspettarlo.» «Ma ci saranno quaranta gradi fuori, con l'impermeabile addosso mi squaglierò.»

Bunny si passò la mano sulla faccia e disse: «Questo è un depistaggio, mica una sfilata di moda. Sbrigati e vedi di farti seguire.»

Mentre davo trench e borsalino a Ciccio, Bunny mi disse: «Me lo sono sempre chiesto, Carpenter: perché porti sempre quel cazzo di impermeabile?»

Allargai le braccia: «Non lo so, ho sempre pensato che gli investigatori privati dovessero vestirsi così.»

Bunny alzò le spalle e disse: «Andiamo a vedere se i pesciolini hanno abboccato,» e si avvicinò alla finestrella che c'era di fianco all'ingresso. «Guardali là,» disse trionfante, «ci sono cascati con tutte le scarpe,» e si girò verso di me con la sua migliore approssimazione di un sorriso. «Grazie,» dissi, «sei un amico.»

Lui mi guardò e disse: «Ricordatelo quando devi pagarmi i conti e comincia con l'offrirmi una sigaretta.» Mi portò fuori dalla porta sul retro.

Finita la sigaretta, aprii il baule della Torino, indossai il trench di riserva e dissi a Bunny: «Grazie ancora dell'aiuto, ora è meglio che vada prima che si accorgano dello scambio.»

Salii in macchina e partii salutando Bunny che mi osservava in piedi nel parcheggio scuotendo la testa.

Le strade erano sgombre e andare in macchina era un piacere, con i Beach Boys alla radio, la sigaretta all'angolo della bocca, una mano sul volante e l'altra fuori dal finestrino. Lasciavo che a guidare fosse l'istinto, vagavo coi pensieri e per le strade, finché una sirena dietro di me mi riportò alla realtà. Dapprima pensai che Mahoney mi stesse seguendo per strapazzarmi un altro po', poi però mi accorsi che il rumore non era quello delle sirene della polizia e vidi un camion dei pompieri ingrandirsi nello specchietto retrovisore. Mi feci da parte, cercando nello stesso tempo di capire dove ero finito, e quando riconobbi il quartiere una vocina dentro mi disse di seguirli.

Negli anni di pattuglia prima, e come investigatore privato poi, avevo imparato che le vocine che ti parlano dentro ne sanno sempre una più di te e che non è salutare ignorare i loro consigli, perciò rimisi l'altra mano sul volante e mi buttai dietro ai pompieri, sperando che non ci fossero autopattuglie nei paraggi.

Riconobbi la strada prima di vedere la colonna di fumo, la vocina ancora una volta aveva fatto centro. Rimasi attaccato ai pompieri finché ebbi la conferma di quello che già sapevo: l'ASCuNOG stava andando a fuoco. Parcheggiai in una strada laterale a circa duecento metri di distanza e scesi dall'auto imprecando: possibile che da quando avevo accettato quel maledetto lavoro tutto quello che aveva a che fare con quella cazzo di associazione di spostati nanofili facesse una brutta fine? Se

avevo qualche speranza di trovare ancora qualche indizio
là dentro ora tutto si sarebbe carbonizzato. Corsi incontro
ad Algernon che stava seduto sul bordo del vialetto, vicino ai suoi amati nanetti abbattuti dal viavai dei pompieri
con le manichette.

Mi avvicinai e gli misi una mano sulla spalla, sussul-
tò. «Mr Hammett,» disse, «o devo chiamarla Carpenter?»
le sue parole avevano un tono piatto, senza malizia o ri-
sentimento, pura richiesta di informazioni. «Stavo condu-
cendo un'indagine, non potevo usare il mio vero nome.»
«Capisco,» rispose, «quindi ho fatto bene a espellerla
dall'associazione.» «Non che fossi interessato… non sto
indagando su di lei, mi servivano solo delle informazioni.» «Per quelle bastava chiedere,» disse, «se non sono
indiscreto, potrei sapere su cosa sta indagando?»

Mi tolsi cappello e passai una mano sulla testa. «È
piuttosto difficile da spiegare.» dissi.

Alzò le spalle. «Suppongo non siano affari miei. E comunque ho ben altro di cui preoccuparmi in questo momento.»

Annuii. «Com'è successo?» dissi, facendo un gesto
vago per indicare i resti dell'incendio. «Non lo so. Ero in
casa, stavo controllando che tutto fosse in ordine prima di
chiudere e ritirarmi per la notte, quando ho sentito odore
di bruciato; ho cercato di capirne l'origine, poi ho guardato fuori e ho visto il bagliore del fuoco. Sono corso a vedere meglio, ma mi sono immediatamente reso conto che
non potevo fare nulla da solo e sono rientrato per chiamare i vigili del fuoco. Mentre telefonavo il fuoco deve aver
raggiunto i quadri elettrici perché è andata via la luce.»
«Ci sono molti danni?» chiesi. «Diciamo che la sua quota
associativa mi avrebbe fatto comodo, ma l'incendio è rimasto confinato all'ala di servizio, quindi la collezione

dovrebbe essere salva, anche se non ho ancora avuto il coraggio di andare a controllare.»

Mi girai verso la villa: la parte opposta alla galleria era ridotta piuttosto male, il fuoco e gli idranti non avevano risparmiato molto, ma la zona dove c'era la galleria sembrava intatta, quindi forse Algernon aveva ragione, la collezione era salva.

Mi sedetti sull'erba di fianco a lui e tirai fuori la mia fiaschetta scacciapensieri. «Ora è il mio turno per offrire da bere,» dissi. Prese la fiasca e fece un lungo sorso, mi guardò con gli occhi lucidi, non so se per il fumo, la tristezza o il liquore, e mi disse: «Grazie.» Fece un altro sorso.

Ripresi la fiaschetta e mi feci un goccetto anche io. Mentre bevevo vidi spuntare tra l'erba alta una sagoma fin troppo familiare, appoggiai la bottiglia sulla terra e mi alzai. «Scusi un secondo,» dissi ad Algernon, «mi raccomando non si beva tutto il whiskey.» e corsi verso il limitare della proprietà.

La punta di un cappello rosso zigzagava tra l'erba alta, mi avvicinai più silenziosamente che potevo e quando fui abbastanza vicino mi ci tuffai sopra. Mi rialzai ricoperto di erba secca e spighe di gramigna, tenendo David per il cappello; lo sollevai ad altezza occhi: era sporco di fuliggine su tutto il corpo e aveva la vernice del culo bruciacchiata e piena di bolle. «Buongiorno, piccoletto, hai deciso di fare lo spazzacamino?» dissi. «Mr Carpenter, le ho già detto svariate volte che non gradisco l'appellativo 'piccoletto' e che le attività che svolgo non sono affar suo.»

Cercava di mantenere un contegno, ma era molto difficile farlo da appeso per il cappello a un metro da terra. «Diventano affar mio quando sparisci senza preavviso e quando le tue attività sembrano coincidere con furti o incendi dolosi di cui vengo sospettato.» Non avevo la pazienza per essere ossequioso verso quello sgorbio di polipropilene mezzo bruciacchiato. «Sono costretto a ricordarle nuovamente che lei è un mio dipendente, e io non tollero questi atteggiamenti dai miei stipendiati.» «OK piccoletto, hai ragione, sono uno zotico maleducato e dovrei mantenere un atteggiamento più consono al mio ruolo, ma sono molto più grosso di te e ti sto tenendo per il cappello, quindi intanto tu dimmi perché facevi jogging in mezzo alle erbacce con il culo in fiamme.»

Il suo tono di voce sembrava sempre quello che annuncia il ritardo dei treni in stazione e io non riuscivo mai a capire il suo stato d'animo, tuttavia intuii che dovevo averlo fatto incazzare parecchio. «Sta insinuando che io sia in qualche modo responsabile dell'incendio?» disse. «Io non insinuo, lo dico forte e chiaro: secondo me tu c'entri qualcosa con questo bel falò, e anche col furto alla tesoreria.»

Non parlò e non si mosse per svariati secondi, poi alla fine disse: «In questo caso mi metta giù e consideri concluso il nostro rapporto di lavoro.»

Il piccoletto voleva licenziarmi! Nessuno mi aveva mai licenziato prima d'ora, al massimo era morto prima di pagarmi, ma mandarmi a spasso mai. Lo fissai ruotando la testa, aprii la bocca come per parlare, ma non volevo pregarlo ed era meglio che non lo insultassi ancora, quindi non dissi niente, lo mollai semplicemente. I suoi occhi si spalancarono per la sorpresa prima che piombasse di nuovo in mezzo all'erba e lo perdessi di vista. «Tanti saluti, piccoletto, aspetto il saldo di quello che manca dal mio onorario, contanti prego. Sai dove trovarmi,» dissi, e tornai a passi lunghi e ben distesi verso Algernon che era ancora accovacciato sul ciglio del vialetto. «Dammi qua,» dissi quando lo raggiunsi, e gli strappai la fiaschetta dalle mani; per fortuna ce n'era ancora abbastanza per fare una lunga sorsata. «Sembra turbato, Mr Carpenter.» «Sai, Algernon, i tuoi amici nani sanno essere proprio stronzi a volte,» dissi.

Trattenne il respiro per un paio di secondi, poi espirò facendo una specie di guaito. «Ha Ragione, Mr Carpenter,» disse, «venga, andiamo a vedere se il bar è stato risparmiato dall'incendio.»

Flamingo Party

Quando salutai Algernon e tornai alla macchina ero sbronzo. Non mi restava altro da fare che concludere la serata al bar di Bunny. «Ehi, Carpenter, cos'hai che sei così pensoso?» disse versandomi da bere. «Niente, è per via del caso che sto seguendo.» «Non sarà mica quello del nano parlante?»

Lasciai cadere il bicchiere, la birra schiumò sul legno schizzando sulla mia camicia, il boccale rotolò verso il bordo e Bunny si lanciò distendendosi sul bancone per acchiapparlo al volo. Il rumore del vetro che cozzava contro il legno aveva destato dal torpore le altre cinque persone sedute sugli sgabelli accanto a me, che si erano tutte messe a fissarmi. Buttai un'occhiata sufficientemente minacciosa da farli tornare tutti ai loro affari, poi presi Bunny per il bavero: «Cosa sai del nano parlante?» sibilai. «Me ne ha parlato Mortimer, il ragazzo di Codadiporco. L'altra sera era ubriaco, e in vena di chiacchiere. Si è messo a raccontare che ti aveva visto parlare con un nano da giardino.»

'Maledetti figli di puttana,' pensai, 'hanno annusato il trucco con Ciccio troppo in fretta.'«E che altro ti ha detto?» chiesi. «Che a forza di botte in testa e whiskey di merda ti eri rincoglionito. A quel punto mi sono incazzato e gli ho detto che io non servo whiskey di merda,» disse, e aggiunse: «Senti, non è affar mio, ma ti stai rovinando la reputazione con tutti questi casi al limite dell'incredibile, non puoi fare come tutti gli investigatori privati e fotografare mariti che piazzano corna?»

Sorrisi. «Ma così non sarebbe divertente,» dissi, «e adesso dammi un'altra birra che quella di prima è tutta sulla mia camicia.»

Dopo la bevuta scappai dal bar, perché quello che aveva detto Bunny mi aveva messo di cattivo umore e non avevo più voglia di starmene là dentro circondato da gente che mi credeva mezzo matto. Fuori l'aria sapeva stranamente di buono e il vento sussurrava dolcemente; pensai a casa mia, al caldo e alla puzza di sigarette schiacciate nel posacenere, e tutta la voglia di tornarci venne spazzata via. Il mio appartamento poteva aspettare ancora qualche ora.

Non c'era anima viva, ma d'altra parte in quel quartiere se eri in giro dopo le nove stavi lavorando oppure cercavi rogne, e io per le rogne ero come la cacca di cane su un marciapiede ad agosto per le mosche.

La strada era dritta, fiancheggiata da alti edifici tra cui si incanalava il vento che portava un po' di refrigerio nella notte estiva. Schivavo cumuli di immondizia e saltavo rivoli di vomito, e ad ogni passo mi sentivo meno incazzato, circondato dalla città che non badava a me, lontano dai problemi che sembravano sempre più piccoli, come cenere di sigaretta buttata da una terrazza all'ottavo piano.

Camminavo sul marciapiede, rasentando i muri dei palazzi, e osservavo la mia ombra allungarsi come una meridiana al passaggio delle auto che mi illuminavano con lo xeno dei fari.

Dopo una decina di minuti mi accorsi che la mia ombra non era più sola: alla meridiana si era aggiunta una seconda lancetta, più corta e sottile, con un lungo collo e le ginocchia piegate dalla parte sbagliata.

Un fenicottero che mi seguiva significava guai, e io ne

avevo abbastanza, almeno per quel giorno. Mi guardai rapidamente intorno: non c'era modo di seminarlo se non mettendomi a correre, e anche così non ero sicuro di riuscire a sfuggirgli visto che il piede non era ancora del tutto a posto, perciò continuai per la mia strada, sfruttando i fanali delle auto di passaggio per controllare la sua posizione senza mostrare di essermi accorto di lui.

Continuai così per altri dieci minuti buoni, con l'uccellaccio che si limitava a seguirmi a distanza, senza farsi vedere e senza dare segno di voler aggredirmi, finché non adocchiai un portone aperto sulla mia destra e mi ci infilai dentro; corsi su per le scale buie e mi rannicchiai sul pianerottolo, aspettando che il fenicottero mi seguisse.

'Dai, pollo dalle gambe lunghe, vieni dentro che ti annodo il collo,' pensavo, ma quello non si faceva vedere.

Dopo dieci minuti accovacciato dietro un pilastro, la schiena cominciava a farmi male, quindi mi alzai e scesi le scale, convinto che la bestiaccia si fosse stancata di seguirmi. Mossa sbagliata. Non solo non si era stancata, ma aveva chiamato gli amici, e mi stavano tutti aspettando nell'androne.

Non mi andava di intrattenere conversazioni con chicchessia, figuriamoci con la versione da giardino di una gang, perciò dissi: «Ok ragazzi, la vostra scena da duri l'avete già fatta la scorsa notte e qui sono nel mio territorio. Ditemi cosa volete da me in fretta e fatela finita.» «Vedo che fai progressi, Carpenter, prima parlavi solo coi nani, adesso anche coi volatili. Cosa speri di diventare, il San Francesco dei manicomi?»

Randolph stava sulla porta, mentre Mortimer se la rideva con la spalla appoggiata allo stipite. «I due coglioni sono venuti a cercare un uccello. Accomodatevi, qui ce ne sono finché volete,» dissi, indicando i fenicotteri che alla comparsa dei due si erano immobilizzati nella loro posizione tipica.

Mortimer corse verso di me e mi mollò un destro allo stomaco che mi fece piegare in due; vidi il riflesso della poca luce sull'ottone del tirapugni, poi finii in ginocchio. «Strike,» urlò, e mi prese per il bavero, io mi lasciai andare a corpo morto e quando lui fece forza per mettermi in piedi, mi alzai di scatto e lo centrai con una testata in mezzo agli occhi. Arretrò barcollando e caricò di nuovo il destro, questa volta mirando alla faccia, ma io fui più svelto: mi spostai verso sinistra schivando il gancio e gli mollai una ginocchiata in pancia, spingendolo lungo disteso in mezzo ai fenicotteri. «Chi ha fatto strike adesso?» dissi, ma lui mi caricò a testa bassa come un quarterback e mi fece ruzzolare per terra assieme a lui.

Rotolammo tra la polvere e i fenicotteri cercando di colpirci a vicenda con pugni, calci e denti; mentre gli ero sopra riuscii a schiacciargli il polso destro col ginocchio, usando tutto il mio peso per tenerlo fermo. Urlò di dolore e rabbia, e provò a colpirmi con la mano sinistra libera, io gli afferrai il braccio con tutte e due le mani, cercando di evitare che si agitasse come un pescegatto appena pescato. «Vuoi startene fermo un momento?» urlai torcendogli il braccio.

Mi sputò in faccia, e in risposta spinsi più forte col ginocchio. «Se c'è una cosa che non sopporto è la gente che sputa,» dissi, piegandogli malamente le dita.

Sentivo la sua saliva tiepida colarmi lungo la guancia e contemporaneamente la rabbia salire. Stavo per spezzargli l'anulare, ma un boato mi fece fermare; mi alzai in piedi e mi girai: Randolph era immobile e impugnava un revolver fumante. «Ringrazia il cielo che non ti ho piantato un proiettile nella schiena,» disse. Io portai istintivamente la mano verso la fondina ascellare, ma lui mi prevenne puntandomi la pistola al petto. «Mortimer, disarmalo,» disse. Lui fece quanto gli era stato detto, aggiungendo un pugno nello stomaco, e avrebbe continuato se Randolph non l'avesse richiamato. «Basta, deve rimanere intero per pagare,» disse. «Ecco, bravo cagnolino, torna dal tuo padrone,» dissi sputando per terra saliva mista a sangue.

Randolph si avvicinò. «Codadiporco sta perdendo la pazienza, e ci ha mandati a sollecitare.» «Già, ma come faccio a pagare se mi ammazzate di botte?» «Non ti preoccupare, ti lasceremo abbastanza pezzi per poter scucire la grana.»

Sputai di nuovo, forse anche qualche pezzo di dente, e dissi: «Ok, messaggio ricevuto. Adesso però toglietevi dai coglioni.» «Vedi, Carpenter, non è così semplice,» disse, «il capo non ha gradito che tu abbia guadagnato un bel gruzzolo e ti sia dimenticato di saldare i tuoi debiti. Non è stato corretto da parte tua.» «Ma di cosa stai parlando? Gli unici soldi che avevo me li hai fregati tu quando ti sei invitato a casa mia, e immagino che tu ti sia dimenticato di riferirlo al tuo boss.»

Si schiarì la voce e per un attimo distolse lo sguardo, poi disse: «In ogni caso Codadiporco ha pensato di garantirsi la tua sollecitudine nei pagamenti attraverso un piccolo pegno.»

Lanciò una foto che svolazzò nell'oscurità e mi scivolò tra i piedi: era di Moll, legata a una sedia e imbavagliata. «Le abbiamo messo il bavaglio perché non sopportavamo più di sentirla brontolare, ma per il resto non le abbiamo torto un capello. Non ancora.»

Raccolsi la foto e la accartocciai con la sinistra. «Maledetti bastardi,» sibilai. «Datti una calmata,» disse, «pensa piuttosto a portare i soldi che ci devi al più presto, e non dimenticare quello che hai prelevato senza autorizzazione.» «Ma di che prelievo parli? Io non ho il becco di un quattrino.» «Non bluffare con noi, Carpenter. Codadiporco ha più poliziotti sul libro paga di quanti ne immagini, sappiamo dove sei stato e della tua visita all'ASCuNOG.»

'La rapina all'associazione,' pensai, 'credono sia opera mia.'«Ehi, Vince, per caso il gatto ti ha mangiato la lingua?» disse Mortimer, «O forse è stato uno di questi fenicotteri?» ed esplose in una risata che riecheggiò nell'androne. Si teneva la pancia con le mani e barcollava senza vedere dove metteva i piedi, così inciampò su uno dei fenicotteri e finì disteso per terra. «Ma che cazzo,» esclamò rialzandosi e tirò un calcio all'uccello che schizzò verso la faccia di Randolph. «Che cazzo fai?» urlò, e parò il fenicottero con la mano. «Brutto cretino,» disse brandendo il fenicottero,«Sei» «proprio» «una» «testa» «di» «cazzo» gridava, scandendo ogni parola con una clavata sulla testa di Mortimer che, coprendosi con le mani, si abbassava a ogni colpo.

Continuò a colpire la testa del suo compare finché il collo del fenicottero si spezzò con un schiocco e il corpo rimbalzò in aria.

Randolph si girò verso di me tenendo ancora il collo del fenicottero in mano e disse: «E tu ti devi essere proprio rincoglionito del tutto se ti piace giocare con questa robaccia,» e buttò la testa dietro la sua spalla. «Hai ventiquattr'ore,» disse, e se ne andò trascinando Mortimer per la giacca.

Ancora dolorante per le botte prese, mi stirai alla bell'e meglio l'impermeabile, sistemai il cappello e raccolsi la foto da terra.

Era davvero Moll, non c'erano dubbi. 'Maledetti bastardi,' pensai, 'questa volta l'avete fatta fuori dal vaso.'

Accartocciai la foto e la infilai in tasca con rabbia; non potevano toccare la cosa più simile a una famiglia che avevo e passarla liscia, questa volta Codadiporco e i suoi avrebbero fatto bene a procurarsi un vestito buono per un funerale, il loro.

«Preparati, Frankie,» urlai, la voce che riecheggiava nell'androne «sto venendo a cercarti!»

Presi la Ruger e controllai il tamburo: sei colpi, più altri sei in tasca, avevo piombo a sufficienza per appesantirli a dovere. Feci scattare il tamburo con un movimento del polso e il suo schiocco metallico echeggiò gioioso nell'androne. Assaporai la sensazione delle dita sulle guancette di gomma ruvida e il freddo metallo del grilletto; mi concessi un sorriso e la rinfoderai, accesi una sigaretta e mi avviai. Fermo sulla soglia mi girai verso i fenicotteri e dissi: «Comunque potevate anche darmi una mano.»

Silenzio. Gettai il mozzicone nel buio e mi girai verso l'uscita. «Noi non ci immischiamo negli affari degli uomini,» sentii dietro di me. Mi girai verso la voce e vidi due familiari puntini rossi ardere nel buio. «Buonasera, avvocato,» dissi, «ci si rivede.»

Il fenicottero nero emerse dall'ombra. «Buonasera a lei, Mr Carpenter. Se lo desidera, può chiamarmi Bartholomew.» «Bene, Bart, tu chiamami pure Vince, e per favore, non essere così formale con me, mi sento già abbastanza vecchio senza i tuoi salamelecchi. Ora, a meno che tu non insista ancora con il processo, levo le tende perché avrei da salvare la mia segretaria e impiombare un po' di idioti.» «Il processo è un capitolo chiuso, ti sei dimostrato una persona leale e degna della nostra stima.» disse. «Menomale, rispettato da dei pennuti di plastica, ora sì che mi sento meglio.» risposi. «Dovresti, noi fenicotteri abbiamo molte risorse nascoste che potrebbero farti comodo.» «Già, peccato che voi 'non vi immischiate nelle faccende umane,'» dissi, disegnando le virgolette nell'aria con le dita. «Normalmente è così,» rispose, «ma il nostro compagno morto grida vendetta.» e indicò con la zampa la testa mozzata del fenicottero che Randolph aveva usato come randello. «Ragazzi, vi ringrazio molto dell'aiuto, la lealtà verso il vostro compagno caduto vi fa onore, ma anche volendo dubito di poter contare su di voi: ho già avuto modo di vedervi combattere, e francamente non avete fatto una bella figura.» dissi. «Quella non conta, siamo stati colti di sorpresa,» disse, «ora è tutto diverso.» La luce rossa dei suoi occhi confermava le sue parole. «Ne sono convinto,» dissi, «ma tutto l'aiuto di cui ho bisogno è qui dentro,» e mi colpii il petto dove stava la fondina.

Bart agitò il becco e disse: «Prima di impiombarli, li devi trovare, e non puoi mica andare a casa di Frankie Codadiporco sparando come un ossesso a tutto ciò che si muove.»

L'idea mi solleticava, ma Bart aveva ragione, Frankie sicuramente aveva un rifugio segreto per i rapimenti e presentarsi a casa sua con le pistole spianate equivaleva a farsi aprire un buon numero di buchi addizionali in corpo. «Hai un'idea migliore, pennuto?» dissi. «Sì, e mi chiamo Bartholomew» «Va bene, Bartholomew,» dissi facendo gesti svolazzanti con la mano, «adesso sentiamo quest'idea.» «Lascia fare a noi, quando li avremo trovati ti verremo a cercare e potrai riprendere la tua donna.» «E per la questione della vendetta?» dissi accendendomi una sigaretta. «Ci sarà. A tempo debito.» rispose, e la luce dei led lampeggiò più forte.

Vendetta Privata

I Flamingos avevano una rete di investigatori da far invidia ai servizi segreti che setacciava la città mentre io mi disperavo al bancone del bar, fumando e maledicendo lo Spifferone che aveva avuto la bella pensata di diventare pazzo prima che potessi fargliela pagare per la sua dritta sbagliata.

La verità però era che l'unica persona da maledire ero io, per la mia fottutissima smania di giocare alle corse dei cani, e per essere sempre così in bolletta da ridurmi ad accettare casi che nemmeno il peggiore degli investigatori seri avrebbe voluto.

'Dovrei emigrare,' pensavo, 'lasciare questa merdosa città e andarmene in qualche paese pieno di sole e campagne a coltivare alberi da frutto. In Italia, magari, dicono si mangi bene laggiù.'«Che brutta cera che hai, addirittura peggio di ieri.» Bunny mi distolse dai cupi pensieri, appoggiando rumorosamente la birra sul bancone di fronte a me.

La scansai col dorso della mano. «Non ho ordinato,» dissi.

Non lo stavo guardando, ma sentii lo stupore di Bunny nel suo tono di voce: «Carpenter che rifiuta una birra? Ci deve proprio essere una bufera lì fuori.» disse. «Spiritoso,» risposi, «devo rimanere sobrio perché sto lavorando.»

Mi appoggiò la mano sulla fronte e disse: «Ommioddio, stai davvero male. Hai la febbre? Devo chiamare un'ambulanza?»

Gli schiaffeggiai via la mano. «Smettila di fare il coglione,» dissi, «aspetto un segnale da certe persone per mettermi in moto e devo rimanere lucido.» «Ingrana la marcia allora, poco fa qualcuno ha lasciato questo biglietto per te attaccato alla porta sul retro.»

Mi porse un fogliettino bianco piegato in quattro. Lo aprii, c'erano scritte solo poche parole: 'ASCuNOG, tra 20 minuti.' La grafia era incerta, infantile, forse perché scrivere restando in equilibrio su una zampa sola e tenendo la penna con tre dita non doveva essere molto facile.

Chissà perché quel posto catalizzava così tanto i guai. «Ma tu non frequenti mai qualcuno che comunica in modo normale, e magari viene dentro e ordina qualcosa?» mi disse Bunny. «Ho amici molto timidi,» risposi, e scolai la birra con un solo sorso. «Metti in conto,» dissi, e me ne andai.

L'odore di bruciato misto a quello di schiumogeno usato dai pompieri cominciava a sentirsi dall'inizio della via e diventava quasi solido di fronte alla villa. Parcheggiai in una stradina laterale in modo che chiunque uscisse dal cancello principale non potesse vedere la mia auto e mi avvicinai a piedi tenendomi sul lato opposto della strada. «Carpenter.»

Un cespuglio alla mia destra bisbigliò il mio nome, lo aggirai e mi trovai di fronte due led lampeggianti. «Ciao Bart, stai facendo il nido?» «Mi chiamo Bartholomew. Sto sorvegliando la villa, succedono cose interessanti là dentro, siediti qui e osserva.»

Non mi andava di accucciarmi dentro un rovo come una merla, ma volevo scoprire perché tutto portasse invariabilmente a quella villa, quindi spostai i rami più grossi e mi sistemai tra le foglie secche accanto al fenicottero. Aspettammo circa dieci minuti, illuminati solo dagli occhi rossi di Bart e dalla brace delle mie sigarette, poi un'auto si avvicinò al cancello e imboccò il vialetto. «Ehi, ma quell'auto la conosco,» dissi, «è dei due tirapiedi di Codadiporco.»

Bart fece segno di sì col becco. «Ma cosa c'entrano quei due con...»

Non finii la frase perché qualcosa mi colpì alla nuca, facendomi cadere in mezzo ai cespugli. Mentre perdevo conoscenza sentii una voce sopra di me dire: «Sbagliato, Carpenter, quella è l'auto di Randolph, la mia è parcheggiata qui a fianco, proprio dietro la tua.»

Mi svegliai con la sensazione di cadere, che subito dopo si trasformò in una ben più dolorosa sensazione di atterrare con la spalla su un pavimento di cemento impregnato di vecchio olio per macchine. «Tentativo di salvataggio riuscito male?» disse una voce in alto dietro di me.

Avevo le mani legate dietro la schiena e mi sembrava che al posto della spalla su cui ero atterrato ci fosse un sacchetto di chiodi arrugginiti piantati nella carne. Girarmi mi costò così tanta fatica che per un attimo pensai di chiudere gli occhi e rimanere fermo com'ero per sempre, invece li aprii e fui premiato dal sorriso beffardo di Moll che stava su una sedia di ferro dietro di me, contorcendosi per liberarsi dalle corde che le legavano mani e piedi. Cercai a mia volta di sorriderle, ma la sua espressione diventò un ringhio bellicoso. «Ti avevo detto di non metterti con persone pericolose come quei due, ma tu non mi hai ascoltato e adesso guarda in che situazione ci hai ficcati,» mi disse; in qualche modo era riuscita a liberare la gamba destra e scandiva ogni sua parola con un calcio dritto al mio stomaco. «Ti prego, cerca di essere più sintetica!» implorai, raggomitolandomi per parare in qualche modo i calci.

Mortimer entrò allarmato dal rumore e disse: «Ehi,

vedi di lasciarlo abbastanza intero per far divertire anche noi.»

Moll lo gratificò di uno sputo che atterrò davanti ai suoi piedi; lui si avvicinò e la colpì sulla guancia col dorso della mano, forte, facendo il rumore di una bistecca spessa buttata sul tagliere. Rotolai fino a sbattere contro le sue gambe e gli morsicai lo stinco attraverso i pantaloni, stringendo finché non sentii il sapore del sangue sopra a quello della stoffa pelosa. Mortimer cercò di farmi mollare la presa scuotendo la gamba, ma io stringevo sempre più, mentre lui urlava di dolore, muoveva la gamba avanti e indietro e a destra e sinistra, con i miei incisivi attaccati alla poca pelle sopra la tibia.

Alla fine mi spaccò un labbro e io aprii la bocca, il suo sangue misto al mio che mi colava lungo il mento e la guancia. «Brutto pezzo di merda, adesso ti spacco tutti i denti,» urlò, ma proprio mentre caricava il calcio, Randolph entrò gridando. «Si può sapere che cazzo stai facendo? Il capo ha detto di interrogarlo, come farà a parlare se tu gli spacchi la mandibola a calci?» «Scusa, capo, hai ragione,» e il calcio me lo mollò in pancia, dove quelli di Moll avevano già preparato il terreno. «Vieni via, idiota,» disse Randolph trascinandolo per la spalla senza degnarmi di uno sguardo. La porta di ferro si richiuse e un chiavistello scattò.

Aspettai di non sentire più i loro passi e biascicai sputando sangue e saliva: «Dov'è Bart?» «Chi?» rispose Moll. «Il fenicottero, quello nero coi led negli occhi.»

Alzò gli occhi e sospirò. «Non bastavano i nani,» disse, «ora parli anche coi fenicotteri. Devi aver preso troppe botte in testa.»

Mi rilassai. «Non l'hanno preso,» dissi, «bene.» E mi concessi di perdere conoscenza.

Quando riaprii gli occhi, i legacci di Moll erano stati rifatti e io ero ancora disteso con le mani bloccate dietro la schiena. Cercai di muovermi, ma il dolore alla spalla costretta in posizione innaturale era così forte da farmi lacrimare. Rotolai mettendomi a pancia in giù, con l'odore di polvere e olio vecchio che mi pizzicava il naso, strisciai fino al muro spingendomi con i piedi e le ginocchia, mi puntellai con la fronte sul cemento ruvido e riuscii a tirarmi prima in ginocchio e poi in piedi. Alla fine ero così stanco che dovetti lottare contro la tentazione di sedermi di nuovo per terra a riposare.

Provai a rompere i legacci. «Fascette di plastica,» disse Moll.

Guardai i suoi polsi escoriati. «Dopo lo scherzo dei calci hanno usato qualcosa di più robusto,» disse, e abbozzò un sorriso.

Mi avvicinai alla porta: acciaio, nessuna maniglia, probabilmente era chiusa con una sbarra dall'esterno. Esaminai il resto della stanzetta: non c'era nessuna finestra, solo una bocca di lupo troppo piccola anche per farci passare la testa. «Pare che siamo bloccati qui dentro.» «Sai, è la definizione di 'prigionieri,'» rispose Moll.

Non raccolsi e dissi: «Non ci resta che fare affidamento su Bart.» «Vince, questa tua fissazione per le statue da giardino mi sta preoccupando, come non bastasse essere stati rapiti da quei due furfanti, ti ci devi mettere pure tu con questi deliri a complicare le cose.» «Fidati di me, tra poco saremo fuori di qui.» dissi.

Almeno così speravo.

Non avevo idea di che ora fosse, ma Mortimer venne col pranzo, o forse la cena: un panino da distributore automatico avvolto nel cellophane e una bottiglietta d'acqua che ci lanciò sul pavimento. «Pezzo di cretino, come facciamo a mangiare legati come siamo?» urlai.

Si avvicinò, mi fece scattare il coltello a serramanico davanti alla faccia e disse: «Niente scherzi, o faccio un ricamino sul viso della tua fidanzata.»

Avevo una gran voglia di spaccargli il naso, ma per il momento era meglio rimanere calmi e buoni. Mortimer trascinò la sedia di Moll e la mise rivolta verso il muro, poi fece mettere anche me faccia verso la parete e tagliò le fascette che ci bloccavano le mani.

Moll si girò verso di lui massaggiandosi i polsi e disse indicandosi le caviglie: «Ti dispiace?» «Non ti servono i piedi per mangiare,» rispose. «Da dove vuoi che scappiamo, da sotto la porta?» gli dissi.

Vidi il dubbio cavalcare a fianco della stupidità dentro i suoi occhi, poi si convinse e tagliò le fascette. «Bravo bambino,» dissi. «Buon appetito,» mi rispose e prima di andarsene calpestò uno dei sandwich, il mio ovviamente.

Mentre recuperavo qualche frammento commestibile dai resti schiacciati del mio panino, Moll mi disse con la bocca piena: «Bene, grand'uomo, visto che tu ci hai messo in questo pasticcio tocca a te tirarcene fuori.» «Stai tranquilla, tra poco arriverà la cavalleria,» dissi, ostentando una sicurezza che stava via via abbandonandomi.

Non riuscii a convincere Moll. Era furiosa e dava, a ragione, la colpa del suo rapimento a me. «Ma perché poi hanno rapito anche me?» disse, «Pensano che a te importi qualcosa del prossimo? Che mettendo me in pericolo possano convincere te a collaborare? Non lo sanno che Vince Carpenter pensa solo a Vince Carpenter? E cosa volevano, che pagassi un riscatto? Un poveraccio come te? Anche se dei soldi avessero la sfortuna di entrare nel tuo portafoglio non avrebbero nemmeno il tempo di fare la conoscenza col tuo sedere prima di finire nelle tasche di Bunny o di qualche allibratore.»

Una lacrima si affacciò ai suoi occhi, ma non mi avrebbe mai dato la soddisfazione di vederla piangere.

Randolph aprì la porta e disse: «Il Boss ti vuole parlare.»

Moll mi guardò interrogativa e io dissi: «Quando ti rapiscono c'è sempre un momento in cui il cattivo freme per raccontarti cose che tu non gli hai chiesto,» e uscii scortato dal carceriere.

Codadiporco in quel capannone stonava come un bue muschiato a Miami Beach, e aveva anche la stessa fisionomia, del bue intendo, non di Miami. Non ero mai riuscito a capire l'origine del suo nome, forse era per il ricciolo di capelli unti che gli scendeva dietro la nuca, o forse la diceria della sua malformazione, una piccola codina arricciata come quella di un maiale, residuo evolutivo che non aveva mai voluto farsi amputare, era vera. Certamente quello non era il momento per chiederglielo. «Vincent, Vincent, Vincent,» esordì.

Se c'è una cosa che non sopporto è che mi chiamino Vincent, e quelli che quando si rivolgono a qualcuno ripetono il suo nome tre volte, come se farlo sottolineasse la loro superiorità, come genitori con un figlio incorreggibile. «Frankie, sei così a corto che ti sei disturbato a imbastire tutto sto casino per duemila bigliettoni?» dissi «Duemilacentonovantasei e quindici centesimi, per la precisione,» rispose, «e sai benissimo che non sono quelli i bigliettoni che mi interessano.» «Supponiamo per un attimo che io non abbia idea di cosa tu stia parlando,» dissi, «potresti ragguagliarmi sulla cifra esatta? E magari potrei avere anche una sigaretta?»

Codadiporco fece una smorfia e agitò la mano come

per scacciare un insetto fastidioso. «Dategli una sigaretta.» disse.

Mortimer si avvicinò e mi infilò la sigaretta in bocca; mentre l'accendeva partii con una testata che lo colpì allo zigomo destro facendolo barcollare. «Questo è per avermi calpestato il pranzo, pezzo di merda,» gli dissi gonfiando il petto e preparandomi alla reazione, che però arrivò dalle spalle, sotto forma di una bastonata dietro alle ginocchia. «Datti una calmata,» disse Randolph mentre cadevo in ginocchio.

Stavo per girarmi e caricare un'altra testata ma l'urlo di Frankie mi bloccò. «Ora basta,» disse, «mi sono stufato di questi giochetti, ridammi i miei 785000 o apro personalmente un altro sorriso nella gola della tua amichetta.»

Ingobbito come un toro alla carica mi voltai verso Frankie e dissi: «Quanti?»

Lui sbuffò: «785000, l'incasso delle mie macchinette mangiasoldi. Non sai nemmeno quanto mi hai rubato?»

Non riuscivo a capire. «Di quali 785000 stai parlando?» chiesi sbattendo le palpebre incredulo.

Frankie sembrava al limite della sopportazione. «Vedo che sei più cretino di quello che pensassi,» disse, «sono i soldi che hai rubato dalle casse dell'ASCuNOG e che il mio amico Algernon stava tenendo in caldo per me.»

Le cose stavano diventando più chiare: la ricchezza dell'associazione, i due fresconi che mi avevano seguito, l'interesse di Frankie per le mie mosse. Tutto ruotava attorno a quei soldi, e l'ASCuNOG era il paravento per ripulirli. «Quindi tu paghi Algernon per usare l'associazione come lavatrice per il tuo denaro sporco.» dissi. «Diciamo che il nostro amico grazie a me può coltivare il suo hobby e io grazie al nostro amico posso diventare un rispettabile uomo d'affari.»

Ecco da dove saltava fuori tutto il contante di David, quel maledetto sgorbio si era fregato i soldi di Frankie. Ogni giorno che passava trovavo sempre più motivi per metterlo ad abbellire un prato dalla parte di sotto.

Feci due passi verso Frankie, rischiando un'altra dose di bastonate dai suoi scagnozzi, e dissi: «Hai sbagliato persona, io quei soldi non li ho mai presi, però so chi li ha, e posso recuperarli per te, naturalmente dietro adeguato compenso.»

Frankie camminava avanti e indietro con la testa bassa e le mani dietro la schiena, a metà di un passo si fermò e si girò verso di me. «Io ho un'idea migliore,» disse, «perché non mi dici quel nome così vi faccio fuori tutti e due dopo aver recuperato i miei soldi? Altrimenti mi tocca ammazzare solo te, perché sono così nervoso che a qualcuno devo sparare per forza, stasera»

La situazione stava diventando pesante. «Non mi sembra un affare vantaggioso,» risposi, «cosa ci guadagno?» «Che la tua amichetta se ne andrà da qui in posizione verticale,» disse Frankie, studiandosi le unghie della mano destra.

Dovevo prendere tempo, sperando nell'intervento dei fenicotteri. «Non li troveresti mai senza di me,» dissi. «Dimentichi con chi stai parlando,» rispose, «in questa città non succede niente senza che io venga a saperlo.» «Intanto però sei tu quello a cui hanno fregato i 785000.» dissi, e vidi la furia bruciare nei suoi occhietti. «Pensi che se fossi stato io avrei aspettato bello tranquillo che i tuoi gorilla venissero a prendermi?»

Lo spettro di non recuperare i suoi soldi lo rendeva incerto su cosa fare di me e mi stava dando un po' del tempo che mi serviva. «Mi hai convinto,» disse, «prima di farti un paio di stivaletti di cemento ti concedo di accompagnarmi da quello che, secondo te, mi ha fregato i soldi.» «Veramente non erano questi gli accordi.» dissi. «Non c'è nessun accordo, tu fai quello che ti dico oppure ti ammazzo.» «Beh, mi sembra accettabile» risposi. Se Bart non fosse arrivato presto sarei finito profondamente nella merda.

Fenicotteri alla Riscossa

«Mi sono rotto i coglioni di questo idiota, ributtatelo nel magazzino mentre mangio e decido cosa fare di lui.»

Randolph e Mortimer mi strattonarono e mi presero per le braccia, trascinandomi verso il buco dove ero stato rinchiuso, senza alcuna possibilità che riuscissi a divincolarmi e scappare.

Il capannone era buio e i due gorilla non così svegli da guardarsi attorno, così non notarono i due led che occhieggiavano da un angolo. Moll era ancora sotto chiave nel magazzino, quindi con la mano, segnalai a Bart di aspettare ancora un attimo. Mortimer non mi vide, ma notò che rallentavo e mi piegò malamente il braccio verso l'alto, facendomi sibilare una bestemmia. «Muoviti, pezzo di merda,» disse torcendomi ancora il braccio, mentre io digrignavo i denti per non dargli la soddisfazione di urlare, «che sono in ritardo, ci sono due sventole che mi aspettano e non vedono l'ora di accarezzare la mia pistola,» e ridendo mostrò la mia Ruger dentro la sua fondina. «Come sei uomo,» dissi, «usi il pistolone degli altri perché col tuo hai paura di fare cilecca?»

Questa volta fu Randolph a ridere.

Mortimer mollò il mio braccio sinistro e aprì il chiavistello che bloccava la porta del magazzino, io approfittai di quel momento per buttarmi a corpo morto contro di lui, sfuggendo alla stretta di Randolph e urlando: «Ora!»

Mentre rotolavo tra le gambe di Mortimer, centinaia

di fenicotteri piombarono giù dai lucernari, atterrando di peso sopra i due idioti e rimbalzando sul pavimento di cemento. Strisciai dentro il magazzino dove Moll, ancora legata alla sedia, urlava qualcosa attraverso il bavaglio che dovevano averle messo dopo avermi trascinato fuori. Randolph e Mortimer stavano in ginocchio con le mani sopra la testa cercando di ripararsi dalla pioggia di uccelli di plastica. «Sembra che non sappiano volare,» dissi tra me e me, e mi scappò un sorriso.

I fresconi erano sistemati, ma ero ancora legato come una salamella e buttato a terra come un sacco dell'immondizia. Moll saltellava con tutta la sedia emettendo suoni irritati dal bavaglio.

'Se riesco a uscire da qui, quasi quasi glielo lascio,' pensai, poi cercai di mettermi in ginocchio. «Bart, puoi venire a darmi una mano?» gridai, e pochi secondi dopo i due occhietti luminosi arrivarono saltellando. «Buona sera, Carpenter, sono arrivati i nostri» disse. «Tempismo perfetto,» risposi, «ti dispiace?» dissi mostrandogli le mani legate dietro la schiena. «Con piacere.» Lo sentii armeggiare per un po', poi finalmente la fascetta si tagliò. Bart mi mise in mano un coltello a serramanico con cui tagliai le fascette che legavano Moll alla sedia; ci pensai un secondo, poi le tolsi anche il bavaglio, tanto l'avrebbe fatto da sola. «Ehi, ma quel coso parla,» disse appena fu libera. «Sì, e per nostra fortuna fa anche qualcos'altro.» risposi.

Bart si avvicinò e piegò il collo in una specie di inchino, poi disse: «Il mio nome è Bartholomew, piacere di fare la sua conoscenza.»

Moll lo fissò e balbettò un «Piacere mio, grazie dell'aiuto.» poi si girò verso di me e disse: «È il Bart di cui mi parlavi?» «Sì, quello che credevi non esistesse.»

Fuori, i tonfi dei fenicotteri in caduta libera erano terminati. «Penso che ora possiate andare,» disse Bart.

Mi affacciai alla porta di ferro: una distesa multicolore di uccelli di plastica ricopriva il pavimento sporco, e solo dei deboli lamenti da sotto due montagnole un po' più alte facevano intuire la presenza di Randolph e Mortimer. «Cosa ne facciamo di quei due?» dissi indicando i cumuli di fenicotteri sotto cui presumevo fossero. «Abbiamo un accordo: quelli sono nostri.» rispose Bart. «Non vorrai mica…» «Noi non togliamo vite, se è questo che ti preoccupa.»

Sospirai, più rilassato. Erano due pezzi di merda ma non mi andava di averli sulla coscienza. «Ora andate,» disse, «l'uscita è da quella parte.» e indicò con la zampa.

Mentre mi allontanavo abbracciato a Moll, mi chiamò: «Carpenter, dimenticavo, abbiamo preso in prestito la tua auto per venire fin qui, certo che è proprio un catorcio,» e mi tirò le chiavi. «È un pezzo d'epoca.» risposi prendendole al volo. «Ma come hanno fatto a entrarci tutti, e chi guidava?» mi chiese Moll quando vide la mia vecchia Gran Torino parcheggiata nello spiazzo di fronte al capannone abbandonato.

Mi strinsi nelle spalle e risposi: «È gente piena di risorse.» mentre le aprivo la portiera del passeggero. «Cazzo, potevano almeno mettermi benzina,» dissi dopo aver messo in moto, «chissà da quanto è in riserva.»

Mentre ci allontanavamo dalla zona industriale su strade buie e deserte, Moll prese dalla borsetta un pacchetto di morbide della mia marca preferita.

«E da quando fumi?» chiesi mentre frugava in cerca dell'accendino.

«Quando ci vuole, ci vuole» rispose, infilandosi la sigaretta tra le labbra.

Sorrisi. Quella era una pupa tosta, e lo dimostrava ogni giorno di più. «Beh, dolcezza, che ne dici di offrirne una a chi ti ha salvato la vita?»

Scoppiò a ridere. «Ma se per poco non ci rimettevi la pelle anche tu» rispose tossicchiando e mi passò il pacchetto.

Rimanemmo zitti per interminabili minuti finché dissi: «Sei silenziosa, non hai niente da dire?»

Aprì il finestrino e gettò via il mozzicone. «Aspetto che mi spieghi cosa sta succedendo.» disse, senza girarsi e con una voce calma come un cimitero in piena notte.

La guardai per un istante poi tornai con gli occhi sulla strada e dissi: «David, il nano da giardino che hai visto nel mio ufficio due giorni fa, mi ha assunto per trovare le prove che i fenicotteri hanno ucciso il suo amico, ma io credo che in realtà mi stia usando per coprire i suoi traffici; nel frattempo l'Associazione Cultori Nani e Orpelli da Giardino è stata rapinata e Frankie Codadiporco, che la usa per ripulire i proventi delle sue macchinette mangiasoldi truccate, crede sia stato io, perciò ti ha fatto rapire e ha mandato i suoi ragazzi a strapazzarmi per bene. Io ho chiesto aiuto ai fenicotteri per tirarti fuori da quel magazzino ma sono stato beccato e rinchiuso insieme a te, poi Bart è venuto coi suoi a salvarci ed eccoci qui.» «Perché stai coi fenicotteri se hanno ucciso l'amico del nano?» «Perché non credo siano stati loro, e comunque David mi ha licenziato.» «E perché Frankie pensa sia stato tu a ripulire l'associazione?» «Perché sono andato ad indagare lì il giorno in cui c'è stato il furto, e perché gli devo dei soldi e sono al verde.» «Quanto?» «Duemilacentonovantasei.» «Brutto idiota,» urlò prendendomi a pugni sulla spalla e sulla testa. «E quindici centesimi.» «Ti avevo detto di non immischiarti con quella gente, hai visto quanto possono essere pericolosi.»

Cercai di fermare i suoi colpi con la destra, mentre con la sinistra tenevo il volante. «Stai ferma che ci ammazziamo,» dissi, ma lei non smetteva di colpirmi e urlare, e io faticavo a tenere la macchina in strada; sbandavo a destra e a sinistra, incapace di tenere gli occhi aperti sotto quella raffica di pugnetti isterici. All'improvviso frenai, facendo un mezzo testacoda sulla strada per fortuna sgombra. «OK, hai reso l'idea, sono un disgraziato e ho messo in pericolo la tua vita e la mia, ora per favore smettila di picchiarmi così posso chiederti scusa in un modo decente.»

Si immobilizzò. «Non ti ho mai sentito chiedere scusa a nessuno.» balbettò. Tecnicamente non l'avevo ancora fatto, ma non mi sembrava il caso di puntualizzare. «Mi ha preoccupato sapere che ti avevano messo in mezzo.» dissi invece.

Le lacrime sulle sue guance riflettevano la luce lampeggiante del semaforo sotto cui ci eravamo fermati. «Vince, stavo morendo di paura,» disse con voce rotta dal pianto, «ma quando sei arrivato tu ho capito che ne saremmo usciti sani e salvi.»

Mi si gettò al collo e io, involontariamente, ricambiai l'abbraccio. Mi stupiva sempre come le donne riuscissero a cambiare idea con tale velocità. «Non volevo farti entrare in questo casino,» dissi, «ma me la pagheranno, puoi esserne sicura.»

Lei si irrigidì tra le mie braccia ma non disse nulla.

Rimanemmo abbracciati per circa un minuto, poi lei riacquistò la solita sicurezza, si staccò da me e disse: «Quali saranno le nostre prossime mosse?»

La fissai gravemente e dissi: «Io lavoro da solo, piccola.» «Vince, quei due mi hanno picchiata e umiliata, e dio sa solo cosa avrebbero potuto farmi se non fossi arrivato tu, quindi non provare nemmeno a dirmi di stare fuori da questa faccenda, perché ci sono già dentro fino alle scarpe e ho intenzione di rimanerci finché non avrò dato una lezione a quei due lestofanti.»

Sospirai, sapendo che non c'era nessun modo di farle cambiare idea e che tanto valeva risparmiarsi la fatica di combattere e arrendersi subito. «OK, ti porterò con me.» dissi, e lei sorrise battendo le mani con aria infantile. «Il primo passo sarà far visita ad Algernon e torchiarlo un po', ma credo che possiamo aspettare domani.» dissi. «Già,» rispose, «e tornando a casa magari ci fermiamo da Bunny a bere l'ultimo e, visto che sei al verde, offro io.»

Adoravo quella pupa.

Parla con Lei

Per una volta mi svegliai da solo, senza qualcuno che volesse farmi fuori o mettermi dentro. Ma quello su cui stavo non era il mio divano; il cuscino era troppo soffice, le coperte morbide e profumate, e non c'era puzza di sigarette.

Aprii gli occhi, spaventato: ero su un letto di ferro battuto, con le lenzuola fresche di bucato, in una vera camera da letto con tendine ricamate alle finestre e mobili provenzali di legno chiaro.

'Barbie mi ha rapito e mi tiene prigioniero nella sua casa di campagna.' pensai, poi tirai giù le coperte e mi accorsi di essere in mutande.

'E mi ha pure fregato i vestiti.'

Mi avvolsi il lenzuolo attorno alla vita e mi alzai, ma persi l'equilibrio e rotolai a terra portandomi dietro le coperte, la lampada che stava sul comodino e il comodino stesso.

Mentre imprecavo contro ogni suppellettile della stanza, Moll aprì la porta. «Vince, che ci fai lì per terra?» disse. «Tu non sei Barbie.» risposi, e cercai senza riuscirci di divincolarmi dalle coperte. «Barbie? Devi essere ancora ubriaco.» rispose, e mi aiutò ad alzarmi. «Perché sono qui?» «Abbiamo bevuto qualche bicchierino di troppo, tu non eri in grado di guidare e io ce l'ho fatta a malapena ad arrivare fino da me.»

Quindi eravamo a casa di Moll. Un pensiero mi attraversò il cervello: «Abbiamo…» «Fatto sesso?» Scosse la testa. «Non riuscivi nemmeno a stare in piedi, ti sei buttato sul letto e tempo che andassi in bagno già russavi.»

Non riuscivo a decidermi se la scopata persa era un peccato o no, ci pensai un po' su e conclusi che era meglio così, c'erano così poche persone di cui potevo fidarmi che non potevo perderne un'altra per una notte di sesso da ubriaco. «Ora che facciamo?» mi chiese. «Innanzitutto vorrei i miei pantaloni,» dissi, «poi, per favore, prepara del caffè.»

Dopo che la caffeina mi svegliò, arrivò il mal di testa. Ingoiai due aspirine e aspettai con gli occhi chiusi che facessero effetto, ma sembrava ci volesse un'eternità. «Allora, Vince, come procediamo?» la voce di Moll arrivava lontana, come da dietro una tenda pesante. Mi guardai attorno finché non adocchiai la mia giacca abbandonata su una sedia, frugai nelle tasche e tirai fuori il pacchetto di sigarette; ne accesi una, feci un paio di tiri fregandomene della faccia schifata di Moll, e dissi: «Per prima cosa devo chiamare Frankie e assicurargli che riavrà i suoi soldi, ieri gli siamo sfuggiti, ma presto o tardi ci ritroverà.» «E come farai a recuperarli?» «A questo penserò dopo, prima assicuriamoci di non finire in pasto ai pesci della baia.»

Finii di vestirmi e mi avviai verso la porta. «Dove vai?» «Da Prabhat, mi serve il numero di Frankie.» «Vengo con te.» disse, e mi mostrò le chiavi dell'auto.

Scrollai le spalle e dissi: «D'accordo. Però d'ora in poi la Torino la guido solo io.»

Il minimarket era così vuoto che il campanello della porta suonava con l'eco. «Pochi clienti oggi?» dissi salutando Prabhat con un colpetto al cappello.

L'indiano adocchiò Moll dietro di me e inscenò la recita dell'immigrato: «Buongiorno, signore. Vuole birre?»

«Dai, amico, smettila con la scena,» dissi, «ci servono informazioni, e ci servono subito.» «Io no capire, signore.» «Appoggiai le mani sul bancone e dissi: «Non ho tempo per i giochetti, devo assolutamente contattare Frankie Codadiporco, tu gli paghi il pizzo quindi sai come rintracciarlo.» «Io non so cosa tu dice.»

Moll mi spinse da parte e puntò dritta a Prabhat. «Senti, cremino, smettila con questa manfrina,» disse, «io e il mio amico abbiamo fretta, perciò dacci quel numero ora, se non vuoi vedermi davvero arrabbiata.»

Gli occhi di Prabhat si spalancarono come i fanali di un maggiolino, guardò Moll, poi me, poi ancora Moll, e alla fine disse: «Ok, Carpenter, ma tieni calma questa strega.»

Mi misi a ridere e dissi: «Tranquillo, Prabhat, abbaia ma non morde.»

Moll mi diede una sberla sulla spalla e disse: «Vediamo se non mordo.»

Non mi curai di risponderle, accesi una sigaretta e dissi: «Chiama Frankie, devo parlare con lui, ora.» «Io non lo chiamo mai,» rispose, «telefono ai suoi scagnozzi che vengono a riscuotere, ma oggi non si sono presentati ed è strano perché non hanno mai mancato un giorno di paga.»

Guardai Moll, entrambi pensammo la stessa cosa: la vendetta dei fenicotteri. «Chiamali,» dissi a Prabhat, «subito.»

Si attaccò al telefono. «Non rispondono.» disse. «Riprova.» «Ho già chiamato due volte, sia Randolph che Mortimer, e non risponde nessuno.»

'Dannazione,' pensai, 'vuoi vedere che il gallinaccio ha cambiato politica e li ha fatti fuori?' «Dove li posso trovare quando non sono in giro a raccogliere il pizzo?» «In

qualche bar, di solito da Bunny o alla sala biliardi.»
«Grazie, Prabhat, metti in conto.» dissi prendendo un
pacchetto di sigarette dall'espositore.

Battemmo tutti i bar, negozi e vicoli bui del quartiere,
ma di Randolph e Mortimer non c'era traccia. Ormai co-
minciavo a familiarizzare con l'idea che avrebbero ritrovato i cadaveri di quei due a marcire nelle acque della
baia o in qualsiasi posto i fenicotteri avessero deciso di
scaricarli e, se da un lato la cosa non mi dispiaceva,
dall'altro mi faceva incazzare come una biscia perché
Bart mi aveva promesso che non avrebbe torto loro un
capello, e se c'è una cosa che non sopporto è la gente che
mi prende per il culo. «E adesso che si fa?» chiese Moll.
«E io che ne so,» ripetei stizzito, poi dissi con più calma:
«Abbiamo cercato dappertutto senza risultati, io sono
stanco e ho fame, prendiamo una pizza e andiamo nel
mio appartamento, magari con la pancia piena ci verrà in
mente qualcosa.» «Però stavolta paghi tu,» disse lei, e mi
prese per un braccio, «vieni che conosco una pizzeria
buona.»
Parcheggiata di fronte al mio palazzo c'era una lunga
auto scura, con una sagoma appoggiata alla portiera. Il
mio sesto senso era già in allerta e cominciò a gridarmi in
testa 'te l'avevo detto' quando vidi i due agenti che parlot-
tavano fra loro di fronte al portone. Alla vista della polizia, Moll si bloccò e mi strinse il braccio, ma io le feci
l'occhiolino e ripresi a camminare fischiettando. «Buongiorno, Commissario,» dissi quando fui abbastanza vicino all'uomo che tamburellava le dita sul tettino della sua
auto, «a cosa devo questo comitato di benvenuto? A saperlo prendevo una pizza in più.»
Lafitte si sollevò dall'auto e disse a Moll: «Buongior-

no signorina, lasci che l'aiuti.» prese il cartone della pizza e lo appoggiò sul tettuccio dell'auto, poi si rivolse a me: «Sali in macchina, Carpenter.»

I due agenti si erano irrigiditi appena Lafitte aveva iniziato a parlare e ora mi fissavano torvi. «Ma la pizza? L'ho appena comprata, è ancora calda.» «Ne resterà di più per la signorina.» disse.

Moll rispose: «Mi è passata la fame.» «Allora credo che i miei uomini non saranno affatto dispiaciuti di mangiarsela.» e fischiò ai due agenti sulla porta. «Il nostro amico Carpenter, qui, è stato così gentile da portarvi il pranzo, venite pure a prendervelo.» disse, e mostrò il cartone.

I due sorrisero largamente e non si fecero pregare; mentre addentavano le prime fette Duncan mi aprì la portiera posteriore dicendo: «Prego, Vince.» poi si rivolse a Moll e disse: «Mi dispiace, signorina, faccio solo il mio lavoro.»

Prima che Lafitte chiudesse la portiera dissi a Moll: «Non ti preoccupare, sali in ufficio e aspetta che ti chiami,» poi l'auto partì. Appena ci fummo allontanati presi a dare pugni al divisorio in plexiglas urlando a Lafitte che stava seduto al posto del passeggero: «Si può sapere che cazzo ti è preso, Duncan? Mi aspetti davanti a casa, mi freghi la pizza, mi schiaffi dentro un'autopattuglia come un tossico qualunque, mi arresti senza nemmeno uno straccio di motivo e non mi leggi nemmeno i diritti? Aspetta che i giornali lo vengano a sapere e sai che bella figura di merda ci fa la polizia? Queste brutalità sono roba da terzo mondo, state calpestando tutti i miei diritti di cittadino, siete solo dei-» lo vidi fare un cenno all'agente che guidava, poi l'auto inchiodò e io picchiai la fronte contro il plexiglas. Quando mi ripresi Duncan mi guardava tranquillo, trattenendo un sorrisetto sadico. «Finalmente stai zitto,» disse.

Mi massaggiai la fronte. «C'erano altri modi per farmi tacere.» risposi.

Si strinse nelle spalle. «Ma questo era il più rapido.»

Grugnii. «Bene, ora che hai tutta la mia attenzione, potresti per cortesia dirmi per quale maledetto motivo mi hai arrestato?» «E chi ha mai parlato di arresto? Voglio solo farti vedere una cosa.» «Ah. E non potevi dirmelo subito?» «Se mi avessi lasciato parlare, invece di vomitare cazzate.» «Comunque sia, mi devi una pizza.» dissi.

Si passò le mani tra i capelli, sbuffò e disse: «Questo weekend te la faccio portare a casa da un'autopattuglia, contento? Adesso per favore, puoi stare zitto finché non arriviamo?» Fece cenno all'autista che ripartì con un 'sissignore,' lanciandomi occhiate dallo specchietto. «Vediamo cos'è che sei tanto ansioso di mostrarmi,» dissi cercando la posizione più comoda sul sedile di plastica rigida.

Il tragitto fu breve, ma riuscii ad addormentarmi lo stesso; quando aprii gli occhi e guardai dal finestrino ero incerto se mettermi a ridere o a urlare, invece mormorai tra me e me: «Ancora questa fottutissima villa, ma cos'è, una maledizione?»

Di fronte all'ASCuNOG c'erano un'ambulanza e un'autopattuglia; paramedici e poliziotti si accalcavano vicino al cancello e non mi permettevano di vedere oltre. «Beh, cos'è tutto questo casino?» Chiesi a Duncan. «Meglio che lo vedi da te,» rispose, mentre l'uniforme che guidava mi aprì lo sportello.

Scesi e mi avvicinai all'assembramento, fumando una sigaretta, mentre Duncan mi precedeva di qualche passo, camminando con le mani in tasca; vedendolo, gli agenti si scostarono e fecero il saluto, mentre i paramedici continuavano imperterriti il loro lavoro.

Raggiunsi Duncan e lo presi per un braccio. «Insomma, mi vuoi dire cosa cazzo c'è di così importante da vedere qui?» «Cristo, Carpenter, fuma di meno: hai corso per tre metri e sembra che tu abbia fatto la maratona. Comunque siamo arrivati, ecco cosa volevo mostrarti,» disse, e indicò con la mano aperta. «Oh cazzo.»

Randolph e Mortimer erano seduti per terra di fronte al cancello, legati mani e piedi, nudi ma ricoperti di pece e piume fin sui capelli. «Sistema antiquato ma di effetto.» disse Duncan, «Meglio non fumare qui, non vorrei prendessero fuoco.» Mi tolse la sigaretta di bocca e fece un lungo tiro prima di gettarla dietro di sé.

Ci spostammo in un luogo più appartato. «Chi li ha ridotti così?» Chiesi. «Veramente speravo che me lo dicessi tu, sono tuoi amici, no?» «'Amici' non mi sembra il termine corretto. Diciamo che ultimamente ci siamo frequentati spesso, però non ho idea di chi possa averli conciati in quel modo.» mentii.

Il commissario indicò il pacchetto di sigarette che mi spuntava dal taschino e disse: «Posso?» Senza aspettare risposta me ne prese una con due dita. «Sai, in teoria avrei smesso.» disse. «Sì, di comprarle.»

Fece finta di non aver sentito e continuò: «se non vuoi dirmi chi sono i responsabili» indicò con la testa il capannello di persone dietro cui stavano Randolph e Mortimer, «dovremo aspettare che ce lo dicano loro, dopo che i paramedici saranno riusciti a togliergli i bavagli che gli hanno incollato in faccia.»

Fece appena in tempo a finire la frase che un urlo straziante riempì l'aria. «Ecco, ci sono riusciti,» disse, «sentiamo cos'hanno da dire, e tu resta fermo qui, casomai dovessi arrestarti.»

Quando Lafitte se ne fu andato mi preparai ad alzare i tacchi anche io, nel caso i due simpaticoni avessero deciso di non tenere il becco chiuso e fare troppe volte il mio nome, ma il commissario fu più veloce e mi sorprese alle spalle. «Credevo di averti detto di non muoverti.» «E io credevo di non essere in arresto.» «Non ancora.» «Cosa vuol dire non ancora?» «Sai, i due pulcini laggiù avevano una gran voglia di parlare dopo che gli abbiamo strappato lo scotch dalla bocca, e oltre a farneticare qualcosa su dei fenicotteri assassini, hanno fatto varie volte il tuo nome, accompagnandolo con degli epiteti non proprio amichevoli.» «E allora? Non gli sono simpatico, ma non è mica un reato.» «Quello no, ma gettare due persone nella pece, sì.» «Andiamo, Duncan, non sospetterai di me? E comunque ho un alibi per stanotte: ero a casa della mia segretaria, così ubriaco da non riuscire nemmeno a provarci con lei.»

Mentre decideva se lasciarmi andare, mi accesi una sigaretta; Duncan mi osservò con ingordigia e io gliene buttai un'altra. L'aroma del tabacco sembrò ben disporlo, perché fece quella che sembrava l'approssimazione di un sorriso, aspirò una boccata e disse: «Puoi andare, ma non lasciare la città: per ora sei pulito, ma so che non me la stai raccontando giusta.» «Ma non mi riporti indietro?» Chiesi. «Considerato il tuo stile di vita, una passeggiata non ti farà male.» «Testa di cazzo,» sussurrai mentre mi incamminavo.

I due poliziotti di guardia davanti al mio ufficio se n'erano andati lasciando il cartone della pizza in bella vista appoggiato al portone; gli diedi un calcio, poi salii le scale. Non feci in tempo a infilare la chiave nella toppa che Moll spalancò la porta. «Vince, ma allora non ti hanno arrestato.» disse. «Per ora no.» «Che significa 'per ora no?'» «Bella domanda, vorrei saperlo anche io.» «Ma cosa voleva da te il commissario Lafitte?»

Mi tolsi il trench e lo buttai sulla sedia, poi mi sedetti sopra la scrivania. «Hanno trovato Randolph e Mortimer.» dissi.

Si zittì, fissandomi intensamente.

Anticipai la sua domanda: «Vivi.» «Non so se essere sollevata o delusa, ma tutto sommato mi fa piacere non avere quei due sulla coscienza, per quanto voglia dargli una lezione io stessa.» «Arrivi tardi, ci hanno già pensato i fenicotteri.» «Cosa gli hanno fatto?» «Li hanno immersi nella pece e ricoperti di piume.» «Che cosa?» «Hai capito benissimo, lasciami fare una doccia e poi ti racconto tutto.»

Ripulito e con qualcosa nello stomaco, raccontai a Moll del ritrovamento dei due esattori con un nuovo abito di piumino, e di come Duncan non si fosse del tutto convinto della mia estraneità alla vicenda. «Ma cosa hanno detto Randolph e Mortimer alla polizia?» «Non lo so di preciso, so solo che hanno nominato i fenicotteri e me, e che mi hanno augurato cose poco piacevoli.» «E tu cosa hai detto a Lafitte?» «Niente, cosa dovevo raccontargli? Che un gruppo di uccelli di plastica assetati di vendetta mi ha liberato dal magazzino dove quei due mi tenevano prigioniero assieme alla mia segretaria, perché credevano che avessi rubato i soldi che il loro capo riciclava usando l'associazione dei nani da giardino come paravento?

Si grattò il mento e disse: «Effettivamente messa così non è una storia che depone molto a tuo favore.»

Accesi una sigaretta. Moll fece una smorfia e aprì la finestra. «Già, è quello che ho pensato anche io.» «Adesso cosa pensi di fare?» «Devo trovare quel maledetto nano e fargli sputare tutti i soldi di Codadiporco, prima che Lafitte si convinca che quello che raccontano i due gangster travestiti da cuscini non sono solo deliri dovuti ai vapori della pece, e venga a farmi un'altra visitina, ma prima…»

Mi interruppe: «Fammi indovinare: vuoi andare a farti una birra da Bunny.»

Mi buttai sul divano e calai il cappello sulla faccia. «Sbagliato,» dissi, «prima vorrei dormire un paio d'ore.»

Venti di Guerra

«Vince, svegliati, Vince.»
Aprii gli occhi con Moll che mi strattonava per le spalle. Allontanai il suo braccio e le chiesi: «Quante ore ho dormito?» «Più di tre ore, sono quasi le otto di sera.» «La polizia si è fatta vedere?» «Ti pare che se fossero venuti gli sbirri ti avrebbero lasciato dormire come un angioletto sul tuo divano?»

Sbadigliai e dissi: «Bene.» «Ora che facciamo?» «Hai detto che sono le otto?» «Meno cinque.» «Ormai è troppo tardi, ci vediamo domani mattina, passo io a prenderti a casa verso le nove.» dissi, e mi girai dall'altra parte. «Mi hai fatto aspettare qui tre ore per poi rimetterti a dormire?» disse, «Non ci pensare nemmeno, Vincent Carpenter, ora tu ti alzi e andiamo a occuparci di questa faccenda!» e mi strappò via il cuscino da sotto la testa. «Ok, Ok, ma non ti agitare,» dissi con riluttanza mentre mi mettevo a sedere sul divano, «lascia che mi riprenda un momento poi andiamo a trovare il nostro amico Algernon e sentiamo che cos'ha da raccontarci.»

La villa era completamente buia, ma il cancello era aperto. «Sembra non sia in casa,» disse Moll. «E dove vuoi che sia andato? Quello vive solo per i suoi nanetti. E comunque, ora che siamo qui tanto vale suonare.» «Salve Algernon, mi scusi se la disturbiamo all'ora di cena.» dissi quando venne ad aprire. Era senza giacca e senza cravatta, fatto molto strano per uno come lui. «Non si preoccupi, ultimamente non ho molto da fare,» disse, «però non pensavo di rivederla, e non sono sicuro sia un piacere, da quando l'ho incontrata mi sono accadute solo disgrazie.» «Ho assoluta necessità di parlarle,» dissi, «so da dove vengono i soldi dell'associazione, e so anche come recuperarli, però ho bisogno del suo aiuto.»

Sospirò e si guardò attorno come per cercare ispirazione, si grattò la nuca, sospirò di nuovo e infine disse: «Prego, entri.» «La ringrazio molto. Mi permetta di presentarle la mia amica Moll.»

Si inchinò e le prese la mano. «Incantato.» disse, e Moll trattenne un risolino a metà tra il lusingato e l'imbarazzato.

Algernon ci guidò verso il bar e io pensai: 'ottima idea,' vedendo le bottiglie allineate sulla vetrinetta. Moll mi si accostò con un'espressione interrogativa sul volto. «Sì, lo so, è tutto più piccolo,» sussurrai, «non fare domande.»

Ci appollaiammo sugli sgabelli assieme ad Algernon che versava da bere e piagnucolava. «Mr Carpenter, mi lasci spiegare, io non volevo accettare quei soldi, ma Codadiporco è venuto qui scortato da due brutti ceffi e l'associazione era a corto di fondi, così alla fine ho ceduto ma io…» «Non me ne frega un cazzo da dove vengono i suoi soldi,» dissi, «sono un investigatore privato, non un poliziotto, e l'unica cosa che voglio è trovare quel nano bastardo.»

Sgranò gli occhi. «Chi?» «David, il nano con cui sono venuto qui la prima volta, si ricorda?» «L'ha perso?» «Non l'ho perso, è che non vuole farsi trovare.» «Mi scusi ma non credo di capire.»

Quell'ometto mi stava dando sui nervi. «David, il nano, mi ha licenziato e se ne è andato, e io non riesco più a trovarlo.» «Lei lavorava per quello gnomo di plastica?» «Certo, sennò perché sarei così interessato alla sua collezione?»

Sapevo che con quella frase l'avrei ferito, ma la sua lentezza di comprendonio mi risultava insopportabile. «Ma se è stato licenziato, perché lo cerca?» «Perché sono affari miei e perché ho ragione di credere che sia stato lui a derubarla.» «Ah. E io come posso aiutarla?»

Finalmente. «Lasciandomi vedere se si è rifugiato qui dentro assieme ai suoi amici.»

Distolse lo sguardo, si grattò il mento e versò un altro giro. «Non credo sia opportuno che lei girovaghi liberamente per la villa.» «Senti bello, non sono uno sbirro ma ne conosco molti che farebbero i salti di gioia se gli consegnassi il tesoriere della banda di Frankie Codadiporco. Immagina quanto sarebbe opportuno avere loro che girano liberamente per la villa.»

Si arrese. «Ok, fate come se foste a casa vostra.»

Prima di aprire la porta, con la mano che stringeva il pomello, mi girai verso Moll e dissi: «È meglio se tu resti qui.»

«Perché?»

«Sai perché zoppico? Ho preso a calci un nano che voleva far fuori il nostro amico fenicottero dagli occhi luminosi, i suoi compari qua dentro potrebbero aversela a male.»

«Qualcun altro di loro ti ha visto? Sanno che sei stato tu?»

«Era buio, potrebbero non avermi riconosciuto, ma non ci spero, questi piccoletti sono più furbi del demonio.»

«E allora perché vuoi infilarti proprio dentro la loro tana? Potrebbe essere pericoloso.»

«Sarà pericoloso, ma devo trovare David se voglio scrollarmi dalle palle Codadiporco e i suoi scagnozzi.»

«Siamo arrivati fin qui insieme e andremo avanti insieme, Vince.» «Senti, donna, questa è una cosa che riguarda me e che devo risolvere da solo, quindi tu resti qui buona ad aspettarmi.»

Mi puntò contro il suo indice accusatorio: «Senti tu, uomo, per colpa di 'questa cosa che riguarda te' ho passato le peggiori ore della mia vita, rinchiusa e legata in un lurido magazzino, quindi non azzardarti a dire che devo restarne fuori.» «Moll, ti ho detto che...» «Taci e muoviti ad aprire quella porta.»

«Ok, allora andiamo.» 'Tanto quando ti si ficca un'idea in testa non te la si può togliere nemmeno col piccone.'

Feci un respiro e aprii lentamente la porta.

Accesi le luci nella galleria e mi misi a cercare tra le teche, mentre migliaia di occhietti felici e sorrisi pacioccosi mi osservavano. «Dà i brividi.» disse Moll dietro di me, ma non mi girai perché ero troppo impegnato a cercare segni di movimento in quella foresta di statuette. «Però non sembrano pericolosi.» continuò. «Prova a buttarne uno per terra e vediamo come reagiscono gli altri.» risposi.

Si avvicinò alla vetrinetta che stavo esaminando. «Cosa stiamo cercando esattamente?» chiese, «A me sembrano tutti uguali.» «Cappello rosso a punta, barba bianca lunga, casacca blu,» risposi. «Adesso sì che è tutto più facile.» disse.

Stavo per controbattere con una frase altrettanto sprezzante quando un rumore attirò la mia attenzione, mi girai in tempo per vedere la porta da cui eravamo entrati richiudersi. «Di là!» urlai e corsi verso la porta, ma mi bloccai sentendo Moll che gridava; mi girai e la vidi circondata da centinaia di nani che si avvicinavano minacciosi con il loro incedere legnoso. Feci un passo verso di lei, ma altri nani circondarono me. «Ora capisci cosa intendevo sul fatto che potevano diventare pericolosi?» dissi. «Forse buttarne uno per terra non era poi un'idea così malvagia, adesso ce ne sarebbe uno in meno che mi minaccia.» disse. «Dipende se credi che novemilanovecentonovantanove piccoletti terribilmente incazzati siano meglio di diecimila solo un po' nervosi.»

Si lasciò scappare una mezza risata sarcastica e disse: «Vince, sei tu che ci hai messo in questo casino, quindi adesso smettila con le battute e cerca di tirarcene fuori.» «Quindi adesso sarebbe colpa mia? E chi è che ha voluto a tutti i costi seguirmi fin qui invece di lasciarmi lavorare come ho sempre fatto finora, cioè da solo?» «Ma sentitelo! È proprio per come fai il tuo lavoro che mi hanno rapito e rinchiuso in un magazzino sporco e puzzolente.» «Se non fosse stato per me ci saresti ancora, dentro quel magazzino.» «Per te? Per i tuoi amici fenicotteri vorrai dire.»

Ecco. Fatta la frittata.

I nani si voltarono verso Moll che mi fissava senza capire. Poi un lampo di consapevolezza la illuminò e il suo volto si riempì di terrore. «Scusa, Vince. Non ci ho pensato.» disse. «Me ne sono accorto.» mormorai troppo a bassa voce perché potesse sentirmi, poi dissi più forte: «Non preoccuparti, tanto gli serviva un pretesto qualsiasi.»

I nani si tenevano ancora a distanza ma ci sarebbe voluto un nonnulla per scatenarli. Mi mossi lentamente per arrivare accanto a Moll, tenendo gli occhi fissi sul cerchio di pupazzetti che si stringeva attorno a noi come sabbie mobili. «Qui, se vogliamo uscirne vivi, ci serve un miracolo.» sussurrai quando fui accanto a Moll, e quasi a sottolineare le mie parole una voce si alzò da dietro la folla di nanetti: «Avete sentito? Sono amici dei Flamingos, sono qui per farci fuori, conciamoli per le feste.» «Facciamo due miracoli.» disse Moll. «I nani rumoreggiarono agitati e qualcuno cominciò a inveire contro di noi, mentre altri saltellavano sul posto agitando le manine paffute; iniziarono a volare oggetti e sentii tirare la gamba dei pantaloni; guardai in basso: c'erano nanetti che si aggrappavano e cercavano di scalare il tessuto fino alla camicia. Moll si strinse a me urlando e scalciando, anche lei con tre o quattro pupazzetti attaccati ai vestiti; me ne strappai qualcuno di dosso, mentre altri persero la presa e caddero; Moll era in piena crisi isterica: si dimenava e urlava convulsamente, rendendomi difficile tirarle via quelli che aveva attaccati addosso. Presi la pistola e menai qualche colpo col calcio fracassando teste e cappelli, poi sparai un paio di colpi in aria; dei calcinacci mi caddero in testa procurandomi un bel bernoccolo, ma almeno quelle furie di gesso si fermarono. «Adesso basta,» gridai «state indietro se non volete che vi impiombi.»

Le minacce riuscirono a bloccarli solo per pochi secondi, dopodiché ripresero ad avanzare.

Guardai le due uscite: entrambe troppo lontane, entrambe con la porta chiusa. Anche mi fossi messo a correre, non le avrei mai raggiunte prima che i nanetti riuscissero a prendermi, e a quel punto non avrei saputo davvero come cavarmela.

'Avanti miracoli, ho sempre creduto in voi, è ora che mi ricambiate il favore,' pensai, poi un cappello rosso a punta spuntò in mezzo a tutti gli altri. «David,» gridai, «aiutami per favore, ferma questa massa di esaltati.»

Il cappello si fermò. «Dai, David, non farti pregare.»

Il cappello tornò indietro. «Ti prego, che qua finisce male.»

Il cappello salì su un mobile.

La figura familiare del nano spuntò dal groviglio informe dei suoi simili. «E perché dovrei aiutarla, Mr Carpenter? Il nostro rapporto si è concluso quando lei mi ha insultato, dandomi del ladro e del piromane, e pare sia stata una fortuna per me, vista la sua poco raccomandabile amicizia coi fenicotteri, e la sua tendenza a prendere a calci i miei simili. «Maledetto stronzo,» dissi, e gli puntai contro la pistola, ma una decina di nani mi corse incontro, aggrappandosi ai miei pantaloni e tentando di arrampicarsi su di me. «E voi, toglietevi dal cazzo,» dissi, mentre scalciavo e me li strappavo di dosso, ma il ritmo con cui mi si attaccavano addosso era più veloce della mia capacità di lanciarli via. Sentivo che stavo soccombendo e David mi osservava con le braccia conserte e un ghigno acrilico dipinto in faccia. «Maledetto, maledettissimo stronzo!» lo insultai da sotto il cumulo di statuette.

I nani pesavano troppo e mi fecero cadere in ginocchio, poi si attaccarono alle maniche della giacca, costringendomi a quattro zampe; cercai di sparare qualche colpo per spaventarli, ma la pistola mi scivolò di mano e sparì calpestata da mille piccoli piedini che calzavano babbucce di gesso.

'Che fine di merda' pensai, mentre il primo nano mi si attaccava ai capelli e le grida di Moll mi arrivavano ormai attutite e lontane. Cercai di rialzarmi, e ci riuscii per un momento, ma altri nani mi saltarono addosso facendomi cadere di nuovo con la faccia sulle piastrelle pregiate della galleria.

'Proprio una fine di merda' pensai.

Poi le finestre esplosero. «Fenicotteri, fenicotteri a migliaia, sono tutti qui fuori.» Algernon entrò urlando dalla porta principale e si bloccò quando vide gli uccelli piombare dai lucernari sopra i suoi amati nani. «Sono già qui!» strillò. «Non me n'ero accorto.» dissi mentre mi rialzavo, approfittando del fatto che i nani avevano problemi più pressanti a cui pensare e non si curavano di me. «Carpenter, faccia qualcosa!» mi implorò Algernon. «Buona idea.» dissi, e mi caricai Moll sulle spalle, presi Algernon per un braccio e corsi più velocemente possibile verso l'uscita. «Veramente non era questo che intendevo...» disse Algernon, cercando di tenere il mio passo con le sue gambette corte.

«A me sembra l'idea migliore che potesse avere.» rispose Moll dalla mia spalla. «Ben detto, Moll!» replicai, e corsi più in fretta.

Algernon non sembrava convinto:
«Ma si scanneranno a vicenda, spaccheranno tutto!» esclamò!«Appunto, e vuole finirci in mezzo?» dissi.

Evitai un paio di nani che, accusato il colpo della sorpresa iniziale, correvano per rintuzzare l'attacco dei fenicotteri che sciamavano dalle finestre fracassate, e raggiunta l'uscita mi tuffai attraverso la porta, trascinandomi dietro Moll e Algernon. Misi giù Moll, chiusi la porta e mi ci appoggiai con la schiena, poi mi concessi di respirare.

Moll tentava di recuperare il suo autocontrollo, mentre Algernon non si preoccupava di nascondere il suo terrore. «Ma che sta succedendo qui?» balbettò. «La guerra che temevamo è iniziata.» dissi, e chiusi gli occhi.

Nella stanza in cui eravamo nascosti si sentiva l'eco della lotta. «La mia collezione,» piagnucolò Algernon, «la stanno distruggendo.» «Forse è la sua collezione che sta distruggendo loro,» replicai, «piuttosto, cos'è questa stanza?» «Siamo nell'ala di servizio della villa.» disse.

Osservai i mobili e dissi: «Almeno qui è tutto a grandezza normale, peccato essere dal lato opposto rispetto al bar.» «A questo si può rimediare,» disse, e frugò dentro un armadietto uscendosene con una bottiglia di whiskey. «La servitù ogni tanto si frega qualcosa dal bar,» disse, «ma io so dove nascondono la refurtiva...» e fece l'occhiolino. «Algernon, lei è un uomo pieno di risorse!» dissi dandogli una pacca sulla schiena. Lui per poco non fece cadere a bottiglia, ma sorrise ugualmente. «Peccato non avere i bicchieri.» disse.

Gli strappai la bottiglia dalle mani. «A questo si può rimediare facilmente.» dissi, e buttai giù un lungo sorso; il bruciabudella fece quello che sapeva fare meglio e mi mise di buon umore.

Stavo per passare la bottiglia ad Algernon che la fissava con gli occhietti lucidi, ma Moll me la strappò dalle mani dicendo: «Dai qua» e ne tracannò una generosa sorsata, poi mi guardò con aria colpevole e disse: «È stata una giornata difficile anche per me, che ti credi?»

Sorrisi e le passai una sigaretta che accettò senza complimenti. «Mi dispiace interrompere il vostro idillio di coppia,» disse Algernon, «ma vorrei ricordarvi che oltre quella porta è in corso una guerriglia tra statuette da giardino che non sembra nutrano una particolare simpatia verso di lei, Mr Carpenter, quindi se non volete evitare che la mia passione di una vita venga spazzata via, almeno agite per conservare la vostra incolumità.»

Il tono di rimprovero mi infastidiva, ma dovevo ammettere che il suo ragionamento non faceva una piega. Quello che invece mi piaceva meno era che avrei dovuto trovare un modo per fermare quella faida, se non per me, almeno per far sì che Moll tornasse a casa sana e salva.

Sarei dovuto tornare là dentro per parlare con David, era necessario per risolvere quella dannata situazione, ma non riuscivo a decidermi. Me ne stavo seduto con la testa tra le mani a lambiccarmi il cervello, c'era qualcosa che mi era sfuggito, un piccolo dettaglio che mi stava proprio sotto il naso ma che non riuscivo a cogliere.

'Unisci i puntini, Carpenter,' pensai, 'è il tuo maledetto lavoro.' mi stropicciai gli occhi con le dita e lampi di rosso sangue balenarono nel mio campo visivo.

'Rosso? Eccolo il dettaglio che cercavo! Lo Spifferone aveva parlato di un omino rosso, rosso come il cappello di un nano!'

Rubai la bottiglia a Moll e mi alzai in piedi. «Vado a parlamentare.» dissi, e sottolineai la mia risoluzione finendo il whiskey rimasto prima che gli altri due riuscissero a strapparmi la bottiglia di bocca.

Barcollai verso la porta, in bilico tra la voglia di fumare e la paura che accendere una sigaretta mi avrebbe fatto esplodere, visto tutto l'alcol che avevo in corpo; alla fine decisi che valeva la pena rischiare la combustione e varcai la porta avvolto in una nuvoletta di fumo amico.

Rivelazioni

La galleria era silenziosa. Da dietro la porta, troppo occupati ad avere paura, non ci eravamo accorti che le due bande avevano smesso di pestarsi senza nessuna logica, e ora si fronteggiavano in due gruppi compatti e silenziosi. Mi nascosi dietro una cassapanca per osservare la scena senza essere visto.

Bart, che dopo la morte del vecchio giudice godeva di gran credito tra i suoi simili, avanzò fermandosi a metà strada tra i due schieramenti; dalla fazione opposta si levò un brusio e un rumore di giunture scricchiolanti, poi un nanetto scolorito e sbrecciato dall'aspetto antico si fece avanti. Camminava talmente lento che mi ero quasi addormentato, provato dalla noia e dall'alcol, quando finalmente arrivò di fronte a Bart e iniziò a parlare: «Non vi bastava ucciderci per le strade, ora venite ad attaccarci anche a casa nostra? Non ho idea di perché abbiate tanto odio verso di noi, ma anche se voi avete iniziato questa guerra potete essere sicuri che saremo noi a finirla.»

La sua voce era profonda e ferma, dissonante rispetto alla fragilità che dimostrava; doveva essere un personaggio di gran conto presso i nani, perché tutti lo osservavano, mantenendo un silenzio ancora più assoluto rispetto a prima. «Noi non abbiamo iniziato un bel niente,» rispose Bart, «siete voi nani che ci attaccate in continuazione.» «Bugiardi, oltre che assassini.» disse il nano.

Bart fece un rumore schioccante col becco che doveva essere la sua versione di una risata sarcastica, poi disse: «Avete un bel coraggio a chiamarci assassini, voi che avete mandato un commando per sterminarci tutti nel cuore della notte.»

La situazione stava degenerando di nuovo: mentre i capi si scambiavano insulti, i gruppi dietro di loro avanzavano l'uno contro l'altro minacciosi, pronti a riprendere lo scontro.

E adesso mi toccava pure evitare che si massacrassero a vicenda, senza avere idea di come fare.

Avrei potuto buttarmi in mezzo a loro urlando «Basta!» e probabilmente sarei riuscito nel mio intento, convincendoli a coalizzarsi per massacrare me, visto che entrambe le fazioni erano convinte che le avessi tradite per unirmi all'altra; ma, oltre che dolorosa, quella sarebbe stata una soluzione di breve durata. Mi serviva qualcosa di più radicale.

Nessuno mi aveva ancora notato, erano tutti presi dalle loro schermaglie verbali e si preparavano ad ammazzarsi a vicenda. Tutti tranne uno: arrampicato su una delle vetrinette rimaste in piedi, David osservava la scena, immobile, con le mani dietro la schiena. Mi sembrava perfino di cogliere un ghigno soddisfatto sulla sua faccetta tonda.

'Guardalo lì, il bastardo' pensai, e mi mossi per acchiapparlo.

'Ti farò sputare i soldi di Frankie, anche a costo di infilarti una mano su per quel tuo culo di polipropilene' pensavo mentre mi avvicinavo furtivo al nano. Troppo poco furtivo. David si accorse di me, spalancò gli occhi, sorrise e urlò: «È lui, è quello che mi ha minacciato e poi si è messo coi Flamingos, prendetelo!»

Sbuffai, quell'aborto di statua riusciva sempre a mettermi nei pasticci.

Mi alzai in piedi e misi le mani avanti dicendo: «Ragazzi, diamoci una calmata, non fate cose di cui potreste pentirvi.» ma non sembravano propensi ad ascoltarmi. Cercai con la coda dell'occhio Bart, nella speranza di ottenere qualche aiuto, ma i fenicotteri sembravano essersi ritirati per evitare qualsiasi coinvolgimento che potesse danneggiarli. Pensai anche di chiamarli, ma a quel punto nulla avrebbe più fermato i nani dall'attaccarmi.

Mi giocai il tutto per tutto, puntando sull'effetto sorpresa: «È stato lui.» dissi, indicando David col dito. I nani guardarono il dito.

David mi guardò sprezzante e disse: «Mr Carpenter, il suo tentativo di discolparsi è a dir poco patetico.»

Feci due passi verso di lui, seguito dagli sguardi ostili dei nani. «E se ti dicessi che so dove hai nascosto la refurtiva?» «Risponderei che la cosa ci interessa moltissimo.»

Mi girai verso la fonte della voce: Mortimer stava entrando dalla porta principale, quella opposta a dove noi ci eravamo nascosti. Aveva ancora la faccia arrossata per le escoriazioni che si era procurato togliendosi le piume che aveva incollate addosso, e sembrava piuttosto incazzato. «Cos'è questo casino?» disse scavalcando nani e fenicotteri con il passo di chi cammina in un pollaio con le scarpe buone. «Guarda chi si rivede,» dissi avvicinandomi a lui, «vedo che siete riusciti a togliervi le piume di dosso, anche se qualcosa vi è sfuggito.» e con due dita strappai una piccola piuma che gli era rimasta attaccata sull'orecchio. Alzò il braccio, ma il suo pugno rimase bloccato a mezz'aria. «Fermo, ragazzo» disse qualcuno al di là della porta. La voce era calma, ma non ammetteva repliche, era la voce di chi non è abituato a farsi disubbidire, la voce di Frankie Codadiporco.

Il gangster avanzò con tutta la sua mole untuosa e disse: «Vieni dentro, Randolph.»

La porta dietro di me si aprì e lui entrò con la pistola in pugno, spingendo Moll e Algernon. «Bene, ora che siamo tutti qui puoi iniziare con le spiegazioni,» disse calmo Frankie, «il tempo che ti avevo concesso è scaduto e se riavrò subito i miei soldi potrei anche soprassedere sullo scherzetto che hai combinato ai miei due ragazzi qui presenti.»

Fecero una smorfia. «Vedo che il commissario Lafitte vi ha lasciato andare.» dissi.

Fu Frankie a rispondere: «E perché avrebbe dovuto trattenerli? Loro sono le vittime in tutta questa storia. A proposito, credo che la polizia abbia bisogno di farti qualche domanda per chiarire la tua posizione, Vincent.» Ancora quel cazzo di nome. «Se i tuoi sono le vittime, io sono un agnellino a casa del macellaio il sabato prima di Pasqua.» risposi.

Frankie sbuffò e disse: «Ok, Vincent, basta coi giochetti, dimmi dove sono i miei soldi.»

Io guardai Frankie, poi puntai nuovamente il dito verso David che era rimasto al suo posto ad osservarci e dissi: «È lui il tuo uomo, lui ha rubato i tuoi soldi.» «Chi, il nano?» rispose, e i suoi scagnozzi scoppiarono a ridere, «Non sarebbe nemmeno in grado di trasportarli 785000 bigliettoni in contanti.» «Io non ho mai detto che li ha portati via.» «Vedi di spiegarti meglio, Carpenter, sto perdendo la pazienza e ti assicuro che tu non vuoi vedermi arrabbiato.»

Aspettai qualche secondo per aggiungere un po' di teatralità, poi cominciai a raccontare. «Sospettai di David fin dal primo momento: perché tanto mistero nel contattarmi? E come mai quella coincidenza di Spifferone che mi dà la dritta sbagliata? Le uniche volte in cui Spifferone non azzecca il cane vincente sono quando viene pagato per non farlo, vero, David?»

Mi fissava in silenzio, immobile. «Non preoccuparti a rispondere,» dissi, «sono stato a trovarlo in ospedale e tra un delirio e l'altro mi ha confermato che lo hai ben, diciamo così, convinto a darmi quella dritta sbagliata. Devi averlo proprio terrorizzato per ridurlo così.» «Comunque sia, grazie a quella scommessa persa mi ritrovavo in bolletta e con un debito verso Frankie Codadiporco che cresceva più velocemente di quanto correvano i cani al cinodromo, ero cioè nella situazione perfetta per accettare qualsiasi caso mi venisse proposto senza fare domande. Ed ecco che provvidenzialmente arriva David col suo stile da caccia al tesoro e i bigliettoni fruscianti che gli sfuggono così facilmente di mano. Viene da me e mi racconta questa storia di guerra fra bande di statue da giardino, e fa la parte del buono che vuole fermare la violenza prima che sia troppo tardi. Ad altri potrebbe sembrare incredibile, ma io sono uno abituato a vedere cose fuori dal comune e quello che mi dice non mi sconvolge più di tanto; e comunque la mia fiducia è facilmente comprabile con qualche bigliettone, per cui accetto senza tante storie.

Comincio a indagare e mi imbatto in nani fatti a pezzi e fenicotteri mutilati, allora mi convinco che la storia di David è vera, ma c'è sempre qualcosa che non quadra: i Flamingos e i Lil' Boyz non si fanno mai vedere, le esecuzioni non hanno lo stile di una banda, non sono eclatanti e non ci sono segni che possano ricondurre a una faida, ma tutti i miei dubbi sono placati dal pensiero che in fin dei conti sono statuette e che ragionano in modo tutto loro, e dai soldi di David, per cui continuo ad andare avanti.

E poi c'è questa dannata villa, dove pare si concentrino tutte le disgrazie del mondo, e dove stranamente David è presente ogni volta accade un guaio.» «Vai avanti,

Vincent, che qui stiamo facendo la muffa,» mi interruppe Randolph. «Il mio ragazzo sta esprimendo in modo colorito tutta la nostra impazienza, per cui vieni al punto, Carpenter.» aggiunse Frankie. «Il punto è che quando sono venuto qui per la prima volta ho lasciato David da solo ottenendo come risultato un nano morto e i tuoi 785000 spariti. Quel giorno ovviamente non sapevo nulla dei soldi perciò non ho indagato, ma quando sono tornato, dopo l'incendio ho notato una cosa strana: David era lì.»

Questa volta fu il nano a interrompermi: «Mi sembra proprio una prova schiacciante: trovare un nano all'Associazione Cultori Nani e Orpelli da Giardino è effettivamente un fatto fuori dal comune.»

Frankie sgranò gli occhi e, per quanto la sua mole glielo permettesse, fece uno scatto. «Ehi, Carpenter, quel coso parla!» esclamò.

Annuii. «E fa anche altre cose meno piacevoli, se mi lasci raccontare spiegherò tutto.» Frankie fece una smorfia ma non obiettò.

Tornai al nano. «Sul momento anch'io ho pensato che la tua presenza non avesse nulla di strano, ma poi ho notato le tue bruciature sul sedere e mi sono fatto delle domande.» «Tipo se hai sbagliato mestiere?» disse Mortimer.

Non raccolsi la provocazione. «Tipo come avesse fatto David a bruciarsi le chiappe.» «Se non lo ha dimenticato, c'era un incendio.» rispose David. «Hai ragione, piccoletto,» dissi, «ma l'incendio era scoppiato nella centrale termica, non nella galleria, e tu non avevi nessun motivo per essere là. Dapprima ho pensato avessi appiccato tu il fuoco e ti ho affrontato per farti confessare, ottenendo solo di venire licenziato, poi ho pensato che non avevi motivo di far scatenare un incendio proprio là, quindi dovevi essere andato nella centrale termica solo dopo che l'incendio era divampato, magari per salvare qualcosa di molto prezioso, come poteva essere una borsa piena di soldi, una borsa troppo grossa e pesante da trasportare per un nanetto come te, che quindi avevi ben pensato di nascondere in un posto sicuro per poi portar via il malloppo con tutta tranquillità ad acque più calme. Peccato solo che un maledetto incendio ti abbia rotto le uova nel paniere, vero, David?» «Complimenti, Mr Carpenter, lei deve avere una fervida immaginazione per inventarsi simili fandonie.» rispose il nano. «Fandonie facilmente verificabili. Frankie, perché non dici ai tuoi di andare a controllare? Se ho ragione troveranno quel che resta della valigia coi soldi, se invece mi sbaglio… beh, potrai appendermi per le palle dove desideri.»

Frankie ci pensò un po' su poi fece un cenno ai suoi e disse: «Andate a controllare.»

Poi si rivolse a me: «E spero che tu abbia ragione, o i pesci del fiume avranno un bel po' da mangiare questa sera.»

Moll e Algernon mi guardavano senza dire una parola, nani e fenicotteri erano bloccati nelle loro posizioni da statue, David stava immobile, apparentemente estraneo a quello che stava succedendo, Frankie si grattava il mento untuoso. «Però non mi hai detto chi ha appiccato l'incendio,» disse.

Mi accesi una sigaretta con deliberata lentezza. «Appurato che non era stato David, mi sono chiesto chi potesse trarre vantaggio dal rogo, e la prima ipotesi è stata quella dei fenicotteri.»

Un rumoreggiare minaccioso si levò dal gruppo degli uccelli. «Tranquilli, ragazzi, non vi sto accusando di nulla.» dissi. Gli occhi di Bart bruciavano come due tizzoni dell'inferno. «Poi però mi sono accorto che la cosa non aveva senso,» continuai «se i Flamingos avessero voluto colpire i nani avrebbero appiccato il fuoco qui, nella galleria, non nell'ala opposta della villa.» «Ma se non sono stati i fenicotteri, allora chi è il piromane?» chiese il capo dei nani, piuttosto scettico. «Qualcuno che si trovava in difficoltà economiche e voleva far sembrare che l'associazione avesse subito danni, senza mettere a repentaglio la sua preziosa collezione, qualcuno che avrebbe tratto vantaggio dalla distruzione della villa, ma che non avrebbe mai rischiato i suoi preziosi nanetti. Ho ragione, signor Fleck?» dissi puntando il mozzicone della sigaretta verso di lui.

Algernon spalancò gli occhi e divenne paonazzo, capace solo di scuotere la testa con la bocca semiaperta. «Su, Algernon, racconta allo zio Frankie perché volevi dar fuoco alla villa,» lo incalzò Codadiporco.

Il piccoletto raccolse tutto il fiato e il coraggio che gli erano rimasti e cominciò a cantare come un usignolo. «Io… non… volevo…»

Frankie si avvicinò a passi tesi tenendo un revolver con la sua mano di wurstel: «Mi stai facendo innervosire, Algernon,» disse, «e quando sono nervoso divento intrattabile.» Algernon sgranò gli occhi. «Frankie, così lo blocchi ancora di più.» dissi.

Puntò la pistola verso di me e ruggì: «Tu stai zitto e non dirmi cosa devo fare, piuttosto ringrazia il cielo che non ho ancora deciso se farti fuori o mutilarti soltanto.»

Alzai le braccia e feci un passo indietro. «Dai, Algernon, comincia dall'inizio e con calma,» dissi.

Il piccoletto sembrò riaversi e con un sospiro ricominciò rivolgendosi a me: «Quando le ho detto che l'associazione poteva contare su donatori molto facoltosi, mentivo, Mr Carpenter, l'unica nostra fonte di finanziamento, a parte il mio ormai esiguo patrimonio, è il compenso per le 'transazioni' effettuate per conto di Mr Codadiporco.» «Già, un compenso generoso.» commentò Frankie impugnando ancora il revolver. «Sì, molto.» ammise Algernon, «che avevo il terrore di non ricevere più dopo il furto alla tesoreria.» «Terrore più che motivato.» grugnì Frankie.

Algernon riprese: «Non sapevo che fare, senza i soldi di Frankie l'associazione sarebbe andata in bancarotta e avrei dovuto vendere la villa, poi però ho pensato che proprio la villa poteva essere la mia salvezza: se avessi inscenato un incendio avrei potuto riscuotere i soldi dell'assicurazione e rimanere a galla. L'unica cosa che dovevo fare era evitare che la collezione venisse danneggiata.» «E hai avuto la brillante idea di incendiare proprio la stanza dove erano nascosti i miei soldi.» disse Frankie.

Quando Algernon rispose, la sua voce era di un'ottava più stridula: «Ma io non lo sapevo! E poi la centrale termica sembrava il luogo più adatto, ed è lontana dalla galleria.»

Dovetti dargliene atto: il suo piano poteva anche funzionare.

Frankie rifletteva, passandosi il revolver da una mano all'altra ed emettendo strani mugugni. Improvvisamente alzò gli occhi verso di me e disse: «Vince, la tua storia fa acqua come un secchio sfondato e quella del piccoletto,» indicò Algernon con il pollice «è ancora peggio. Io ne ho una migliore, state a sentire: prima tu ti sei fregato i miei 785000, poi ti sei messo d'accordo con Algernon perché ti coprisse in cambio di una percentuale e vi siete inventati questa ridicola storiella da servire al sottoscritto; per rendere più credibile il tutto avete pensato che un bel fuocherello potesse distrarre l'attenzione e coprire eventuali tracce. I soldi invece sono belli al sicuro in qualche cassetta di sicurezza giù in centro, in attesa di essere prelevati quando le acque si saranno calmate abbastanza. Giusto, Vincent?» «Sbagliato, Capo.» Randolph entrò trascinando lo scheletro bruciacchiato di una valigia in alluminio, mentre tutti lo fissavamo: io con sollievo, David con preoccupazione, Frankie con disappunto e tutti gli altri con incredulità. Appoggiò la valigia a terra e Frankie la colpì con un calcio, facendo volare frammenti inceneriti di banconote in cui si intravvedeva ancora la filigrana. «Così questi erano i miei 785000,» disse, «non so chi ma qualcuno dovrà ridarmeli,» e scrutò uno per uno tutti i presenti, compresi i suoi ragazzi. «Perché non li chiedi a David? Dopotutto è lui che te li ha rubati.» ribattei. «Chi, il nano? E dove li trova 785000 bigliettoni?»

Mi accesi una sigaretta. «Non credo sia un problema mio.» dissi.

Frankie ci pensò su. «Questo non l'ho ancora deciso,» disse, poi si rivolse ai suoi: «Voi due, cercate di guadagnarvi la paga e portatemi qui quel nano.»

Randolph e Mortimer scattarono come giocattoli a molla verso il mobile su cui stava David, in apparenza ignaro di ciò che stava avvenendo, ma una fila di nani gli si parò di fronte con atteggiamento minaccioso. «Nessuno qui farà del male a uno dei nostri.» disse uno dei nani, quello che sembrava il più bellicoso.

I gorilla si scambiarono una risata sprezzante e avanzarono verso David, ma alcuni nani si staccarono dal gruppo e li colpirono alle caviglie con pugni e calcetti. Mortimer cadde nel tentativo di scrollarsene di dosso uno che gli si era attaccato al cavallo dei pantaloni e cercando disperatamente di recuperare l'equilibrio si aggrappò a Randolph trascinando per terra anche lui. I nani non persero l'occasione e si gettarono in massa su di loro, seppellendoli in un groviglio di gesso e carne che fornì a David l'occasione per filarsela. «Bart, blocca la porta.» urlai.

Il fenicottero reagì prontamente e schierò i suoi in una fila compatta di fronte all'uscita.

David si bloccò imprecando. I nani si accorsero di quanto stava accadendo e lasciarono perdere i ragazzi di Frankie per attaccare la fila di fenicotteri. Nel silenzio che si era creato si sentiva solo David urlare: «Fatemi passare, svelti, e, voi, aiutatemi, fateli a pezzi, sono loro che ci stanno massacrando uno a uno!» finalmente qualcosa sembrava scalfire la calma che contraddistingueva David.

Scavalcai Randolph ancora accartocciato per terra e dissi ai nani: «Io ci penserei due volte prima di rischiare la vita per quello gnomo.»

Nani, umani e uccelli si girarono verso di me. «Perché quello è uno gnomo, non uno di voi, lo sapete, vero?» dissi al capo dei nani. Quando il brusio sorpreso dei piccoletti si fu placato, ripresi: «Pensavate non cogliessi la differenza? Certo per noi umani può sembrare di poco conto, ma per voi è fondamentale, ho ragione? Uno gnomo non sarà mai uno di voi, per quanti sforzi faccia, per quanto cerchi di assomigliarvi, uno gnomo sarà sempre un estraneo, David sarà sempre un estraneo.»

David aveva ripreso il suo autocontrollo e rispose con calma: «Non capisco di cosa stia farneticando, Mr Carpenter.» «Sì che lo capisci, mi dispiace solo di non esserci arrivato prima, quando Algernon ha usato la parola gnomo per descriverti la prima volta che ti ha visto; gnomo e non nano. Sul momento non notai il dettaglio, poi però all'ospedale ho visto questo.»

Tirai fuori dalla tasca il ritaglio di giornale con su scritto: *Camion di gnomi si rovescia in autostrada, traffico bloccato per ore,* e lo mostrai a tutti. «Guardate la foto, questi sono gnomi, e sono tutti identici a David.»

David si impegnò nella lenta parodia di un applauso e disse: «Bene, Mr Carpenter, non pensavo fosse così attento alle differenze culturali. Ha ragione, sono uno gnomo, e con questo?» «E con questo si spiegano molte cose.» «Davvero? Per esempio?» «Il movente dei tuoi nanicidi, per esempio.» dissi.

Tutti mi fissarono come se avessi detto che avevo smesso di bere, poi David esplose in una risata. «Mi perdoni la volgarità, ma questo come cazzo le è venuto in mente?» mi chiese, tenendosi la pancia e continuando a ridere, agitandosi col suo tipico movimento a scatti e lo scricchiolio della vernice che si screpolava.

Gli altri pupazzi mi osservavano, aspettando una risposta da me prima di agire in qualunque modo.

Mi grattai la barba, riflettendo. La reazione di David sembrava sincera e tutta la storia che mi ero creato, basata più su intuizioni che su prove, non mi sembrava più così plausibile come pochi minuti prima.

Possibile che mi fossi sbagliato? No, doveva essere per forza andata così.

Affrontai David e dissi: «Tu odi i nani, li odi perché non ti hanno mai accettato, e volevi vendicarti di loro. Per questo hai inscenato tutte quelle morti e hai accusato i fenicotteri, sperando che l'ostilità nascosta portasse a una guerra aperta e portasse alla distruzione di entrambi i gruppi. Non mi hai assunto per fermare la faida, ma come copertura, confidando nella mia incapacità di risolvere il caso, e quando hai visto che mi avvicinavo troppo alla verità non ci hai pensato due volte a scaricarmi.» «Ma che bella storia, e dove sarebbero le prove di queste sue farneticazioni?» disse David. «Non sono un poliziotto, non ho bisogno di prove, anche perché nessuno mi sta pagando per questo caso.» «Se non ha le prove, Mr Carpenter, è la mia parola contro la sua, e io dico che a uccidere i nani sono stati i Flamingos.»

Bart fu più veloce di me nel rispondere: «Noi non togliamo vite.» disse.

I nani rumoreggiavano e il loro capo fronteggiò Bart: «Non togliete vite, però ci attaccate nel nostro territorio, assaltate la nostra casa.»

Urla si alzavano dal gruppo di barbe dietro di lui, Bart rimaneva impassibile, la luce dei suoi led fissa sul capo nano. «Nessuno dei vostri è stato ferito a morte.» disse. «Nessuno ferito a morte? Mutilato sì però, sfregiato, reso invalido, questo sì lo avete fatto!» «Difendiamo il nostro diritto all'esistenza.» «Ma sentilo, sembra che i cattivi siamo noi, siete stati voi ad attaccarci per primi.» disse il nano. «Ci avete macellato come polli da batteria, due giorni fa.» «Tu menti! Nessuno dei nostri ha torto una piuma a uno di voi nelle ultime settimane.»

Bart mi guardò. «Uno è morto tra le braccia di Carpenter» disse.

Il nano si rivolse a me: «L'uccello dice la verità?» «Sì, è morto mentre cercavo di soccorrerlo.» «E lei ha visto chi lo ha ucciso?»

Il rimorso mi colpì come una pugnalata. «Purtroppo no,» dissi, «sono arrivato troppo tardi.»

Il vecchio nano si bloccò, pensoso. Le sue certezze sembravano sgretolarsi come il gesso di cui era fatto mentre le mie si rafforzavano. Si girò verso i suoi e chiese se qualcuno avesse attaccato i fenicotteri prima delle uccisioni dei nani alla villa. Promise che non ci sarebbero state ritorsioni, che sarebbero comunque stati protetti dai fenicotteri, ma nessuno si fece avanti. «Dov'è lo gnomo?» disse dopo interminabili minuti. «Sgorbio maledetto, se l'è filata mentre noi stavamo qui a cazzeggiare!»

esclamai, e mi guardai attorno alla ricerca del suo cappello rosso a punta. «Muovetevi, dobbiamo trovarlo,» dissi a nessuno in particolare, e i nani si mossero disordinatamente per la galleria senza sapere bene cosa fare. «Così non lo troveremo mai,» dissi, «di sicuro se ne sarà già andato.» e aprii la porta per cercare nelle stanze di servizio.

Mi trovai di fronte Moll che teneva David per la punta del cappello. «Credo vi sia scappato un pesciolino,» disse alzando lo gnomo che agitava le gambe in una poco dignitosa parodia di corsa. «Moll, sei meravigliosa.» dissi e portai David in mezzo alla galleria, dove centinaia di nani stavano ancora agitandosi; lo lasciai cadere sul pavimento e i suoi ex amici lo circondarono. «Ci devi spiegare un mucchio di cose, gnomo,» disse il capo dei nani. «Non ho nulla da dirvi.» «Io invece credo di sì, e per prima cosa potresti confessare di aver ucciso tu Sandy e gli altri.»

In quel momento la voce di Frankie esplose come un boato: «Non me ne frega un cazzo se hai fatto fuori quei microbi di gesso, io voglio sapere come farai a ridarmi i miei fottuti soldi, ridicolo schizzo di merda colorata che non sei altro!» mentre parlava era arrivato di fronte a David camminando con un passo pesante come quello di un bue zoppo e sudava copiosamente. Lo afferrò con una mano e se lo portò a pochi centimetri dalla faccia. «Allora, gnomo, che mi dici?» «Dico che farebbe bene a calmarsi, rischia l'infarto.» «Io ti distruggo!» esclamò Frankie, e lo scagliò sul pavimento con tanta forza da farlo rimbalzare varie volte prima che si fermasse ai piedi del capo dei nani, parecchio ammaccato ma tutto sommato integro.

Frankie grugnì. «Ora ti schiaccio.» disse con la voce

rotta dall'affanno, e alzò il piede sopra lo gnomo inerme. «Fermo,» intimò il capo nano, «ho già detto che nessuno farà del male a uno dei nostri.» e tutti i nani si ammassarono per fronteggiare la mole strabordante di Codadiporco.

David mugugnò qualche parola. «Che ha detto?» Mi chiese Algernon. Io mi strinsi nelle spalle. «Uno dei nostri un cazzo,» ripeté lo gnomo alzandosi in piedi, «Io non sono uno schifoso nano come voi, io sono di plastica, sono incorruttibile e resistente, non un fragile residuato del passato fatto di gesso e ceramica di bassa qualità.» «David, ora stai davvero esagerando,» disse il capo nano. «Ma stai zitto, vecchio trombone. Dovevo farti fuori per primo, sarebbe stato meglio.»

Nani e fenicotteri per una volta erano d'accordo nel fare tutti la stessa espressione stupita. «Sì, banda di idioti, sono stato io ad ammazzare tutti quanti, lo ha capito perfino un alcolizzato rimbambito come Carpenter.» «Sempre molto gentile, David.» dissi. «Dovere, Vincent.» rispose. «Perché lo hai fatto?» chiese il capo nano. «Perché vi odia, odia il vostro stare insieme, il vostro essere tutti uguali e il suo essere diverso.» Era Bart che parlava. «Ma bene, abbiamo anche un gallinaccio psicologo, qui,» disse David, «ma hai ragione solo in parte, voi mi fate tutti schifo, ma non è questo il motivo principale, la verità è che voglio impadronirmi di questa villa, scacciare tutti gli schifosi nani e metterci dentro i miei, gli gnomi che tanto disprezzate. Che ne dice, Mr Codadiporco, sarebbe disposto a trattare direttamente con me anziché con Algernon? Ci sono altre attività oltre al riciclaggio in cui noi gnomi siamo ferrati.» «E i miei 785000?» «Se accettasse pagamenti rateali.» «Mi sembra un'opzione praticabile.» «Allora non mi resta che far entrare i miei amici,» e fece un lungo fischio.

Migliaia di gnomi, tutti identici a David, entrarono ordinati, con lo stesso passo a scatti del loro capo e occuparono tutti gli interstizi rimasti liberi nella galleria. «Questa non è più la nostra guerra,» disse Bart, «ma credo ci rivedremo, Carpenter.» e si eclissò assieme ai suoi. «Siamo rimasti solo noi,» disse David, «gesso contro plastica, vecchio contro nuovo. Cosa preferite: andarvene senza combattere o lottare fino alla morte?»

I nani si guardarono, poi guardarono il soverchiante numero di gnomi attorno a loro e, nonostante alcuni non fossero d'accordo, optarono per una saggia ritirata. «Ma non finisce qui, ci ricorderemo di te,» disse il capo andandosene attraverso un buco nel muro che non avevo mai notato. «È quello che spero.» rispose David.

Quando l'ultimo dei nani uscì, David si dedicò a noi. «Algernon, i suoi servigi qui non sono più richiesti, può raccogliere le sue cose e allontanarsi dalla villa nel più breve tempo possibile». «Veramente la villa è mia.» rispose. «Sbagliato, la villa era sua, ora l'ha venduta per una cifra simbolica a un fondo intestato a David Morishige, cioè il sottoscritto. Questo è l'atto, deve solo firmarlo, e le consiglio di farlo, se non vuole che l'assicurazione venga a sapere delle sue brame incendiarie.»

Algernon chinò la testa e con lenta rassegnazione firmò le carte, poi si allontanò in silenzio. «Quanto a lei, Carpenter, ci sono ancora conti aperti tra noi, ma in considerazione dei servizi resi prima di venir liquidato, considero il nostro rapporto concluso e lei libero di andarsene.»

Stavo per ribattere che non ero d'accordo con l'analisi di David, ma Moll mi strinse per un braccio. Mi girai verso di lei e il suo scuotere la testa mi fece capire che era meglio andarsene senza guadagnarci niente che rischiare di lottare e perdere tutto. «In questo caso, tolgo il disturbo.» dissi, e feci un cenno di saluto con tre dita. «Non così in fretta, Carpenter» disse Frankie.

'Merda, si è ricordato dei soldi,' pensai, fermo sulla soglia. «Scommetto che sai già cosa voglio, vero Vincent?» «Frankie, per questa volta potresti fare un'eccezione.» dissi. «I debiti a Frankie si pagano sempre, e ringrazia che non ti ho messo in conto lo spennamento dei miei ragazzi.» «Potremmo parlarne un'altra volta? Oggi è stata una giornata difficile e sono molto stanco, e poi non ho contante con me...» «Se vuoi ne parliamo domani. Col dieci percento di interessi.» «Merda,» dissi sottovoce. «No, ne parliamo adesso.» sentii Moll dietro di me. «Che stai dicendo Moll?» replicai. «Vince, per una volta fai un favore a tutti e stai zitto» disse, «quant'è il debito, Frankie?» «2916.15» «Ecco, questi sono duemilanovecentocinquanta, con il resto paga la tintoria a quei due idioti.» disse, e buttò le banconote a terra, spargendole ai piedi di Frankie. «Sei molto generosa, ragazza.» rispose Frankie. «Non è generosità. Tu non mi piaci, e nemmeno i tuoi tirapiedi e non voglio dovervi dei favori. La prossima volta che vi incontrerò sulla mia strada potrò sputarvi in faccia senza remore.» «Attenta a quello che dici, ragazza...» l'ammonì Frankie. «Attento a quello che fai, Codadiporco,» dissi io, con la mano sulla fondina, «e richiama i tuoi cani.» «Andiamo, Vince,» disse Moll, aggrappandosi al mio braccio.

Una volta fuori, mentre fumavamo appoggiati alla mia Gran Torino, le dissi: «Pupa, sei stata una vera dura lì dentro.» «Sapessi che paura.» «Ma quei soldi? Dove li hai presi?» «Risparmi.» «Sai che non posso ridarteli.» «Troverai altri modi per ripagarmi. Per esempio, portami

a bere qualcosa.» e fece l'occhiolino.
   Adoravo quella pupa.

Epilogo

Avevo chiuso un altro caso. E di nuovo non ci avevo guadagnato nulla, anzi avevo dei debiti in più, con Moll per giunta. «Mi trovo in una situazione imbarazzante,» le dissi mentre Bunny portava il secondo giro di birre. «In che senso?» «Tecnicamente saresti la mia segretaria, e non solo hai qualche mese di stipendio arretrato, ora ti devo anche duemila bigliettoni.»
«Duemilanovecentocinquanta. Ma non preoccuparti, me li ridarai. Con gli interessi del dieci percento.»

Sputai la birra, Bunny mi lanciò un'occhiataccia dall'altro capo del bancone e Moll scoppiò a ridere. «Tranquillo, non sono una strozzina come i tuoi amici, il mio interesse è solo del dieci percento all'anno.»

Mugugnai qualcosa sull'amicizia, le donne e la comprensione, che lei non si curò di ascoltare.

Mi diede un colpetto sulla spalla. «Non ho mica fretta, li troverai i soldi per pagarmi.» disse, e ricominciò a ridere.

Fece un cenno a Bunny e mi disse: «Intanto lascia che ti offra questo giro.»

Bevemmo un altro paio di birre e l'alcol entrò in circolo, ma i discorsi di Moll mi avevano incupito: potevo sopportare i debiti, ma non di averli con quella che mi teneva in ordine i conti.

La lasciai di fronte al bar perché non mi andava di finire a casa sua e magari concludere quello che avevamo iniziato l'altra volta; sentivo l'approssimarsi di una sbronza triste e la volevo smaltire da solo. Mi incamminai verso il mio appartamento, volevo schiarirmi le idee con l'aria della sera e sarei passato a prendere la Gran Torino la sera successiva.

Non c'era anima viva in giro, nemmeno auto per strada, e l'unica luce, a parte i pochi lampioni funzionanti, era la brace della mia sigaretta.

'Bene,' pensai osservando la desolazione attorno a me, 'non è proprio la serata per fare incontri.'

Ero sempre di cattivo umore una volta concluso un caso, indipendentemente dai risultati che avevo ottenuto, e questa volta era ancora peggio, perché i risultati facevano veramente pena: non solo non ci avevo guadagnato niente, ma avevo ancora duemilanovecentocinquanta bigliettoni di debiti.

'Fanculo pure lei,' pensai, e poi: 'se non ci fosse stata, questa volta sarebbe finita davvero male.'

Ma sapere che mi aveva salvato il culo non mi consolava affatto, anzi mi faceva ancora più incazzare.

Almeno fossi riuscito a farla pagare a David, e invece no, era andato tutto secondo i suoi piani, a parte i 785000 in cenere, certo: aveva la sua bella villetta ripiena dei suoi cloni, si era vendicato, e per di più era anche in affari con quel bastardo di Codadiporco.

E poi mi sentivo in colpa per Algernon, tutto sommato era un brav'uomo e io ero riuscito a incasinargli la vita e farlo pure sfrattare da casa sua; aveva ragione quando mi disse che dal giorno che mi aveva incontrato gli avevo portato solo solo disgrazie. Forse, se l'avessi lasciato stare, a quest'ora sarebbe stato tranquillo a spolverare la sua bella collezione di statuine.

Quei pensieri mi avevano ancora più incupito, e avevo anche fumato quasi tutto il pacchetto, quindi quando arrivai sotto casa ero tornato lucido ma ancora incazzato con l'universo, e l'unica cosa che volevo fare era tuffarmi sul mio divano e dormire quindici ore filate, svegliarmi senza pistole puntate, poliziotti o culi pelosi davanti alla faccia, fare colazione, e tornare a dormire.

C'era un'auto scura piuttosto familiare parcheggiata di fronte al palazzo, con un uomo che aspettava seduto sul cofano.

'Oh no, ancora,' pensai avvicinandomi, 'adesso cosa cazzo vuole?'«Commissario, questa volta vuoi arrestarmi sul serio?» dissi.

Si alzò e fece qualche passo verso di me. «E con quale accusa? Il tesoriere dell'associazione ha ritirato la denuncia per furto, dicendo che si è trattato di un grosso malinteso, e i due amichetti impiumati, beh, loro non sono certo degli angioletti e, anche se non abbiamo prove per incriminarli, preferiscono starsene lontano dagli sbirri.» «Ma Codadiporco…» azzardai.

Scosse la testa. «Quello è troppo ammanicato per non uscirne sempre pulito, e troppo furbo per tirare la corda e denunciarti, qualunque cosa tu gli abbia fatto. Che ci vuoi fare, così gira il mondo.» «Ed è proprio un mondo di merda.» aggiunsi.

Il commissario fece una risatina carica di sarcasmo. «Brutta giornata oggi, Vincent?» «Puoi dirlo forte. Anzi, a pensarci bene tutta la settimana è andata di merda.» Mi accesi la penultima sigaretta e gli offrii l'ultima prima che me la chiedesse. «Grazie, Vincent.» «Ti ho detto di non chiamarmi Vincent.»

Feci un lungo tiro. «Se non sei venuto per arrestarmi, allora cosa ci fai qui?» Chiesi.

Lui sorrise. «Ti dovevo una pizza.» rispose, e tirò fuori un cartone dal sedile posteriore. «Grazie, Duncan. Vuoi salire e mangiarla con me? Dovrei avere ancora qualche birra in frigo.» «Un'altra volta, ho una pila di scartoffie alta un palmo da smaltire, e poi che figura ci farei se mi vedessero assieme a te?» strizzò l'occhio.» «Vaffanculo, Duncan,» dissi, e aprii il portone. «Lafitte,» lo chiamai mentre stava salendo in auto, «e la storia dei vandali di nanetti da giardino com'è finita?»

Alzò le spalle e lanciò il mozzicone in un tombino. «Sono un commissario di polizia,» disse, «ho cose più importanti da fare che occuparmi di quattro statuette frantumate.» Partì sgommando.

Salii le scale senza preoccuparmi di accendere la luce ed ero così impegnato a cercare le chiavi nella tasca del trench che non mi accorsi delle due ombre che mi aspettavano di fronte alla porta. Quando li vidi, la mia mano passò automaticamente dalla tasca al calcio della Ruger. «Calma, Carpenter, non vogliamo farle del male,» disse l'ombra più alta, o meglio, quella meno bassa. La voce era familiare, perciò mi rilassai un poco, senza allontanare la mano dal ferro. «Fatevi vedere,» dissi, «l'interruttore è dietro di voi»

Sentii un click, e la lampadina del pianerottolo illuminò di una fioca luce rossastra le facce di Algernon e del capo dei nani. «Alla prossima riunione di condominio chiederò di cambiarla,» dissi indicando con il mento la lampadina, «nel frattempo andiamo a parlare dentro dove posso vedervi meglio.» e feci strada nell'appartamento. «Accomodatevi dove vi pare, in frigo dovrebbe esserci ancora qualche birra,» dissi, e andai alla scrivania. Rimasero in piedi.

Scrollai le spalle, «Come volete,» dissi frugando nei cassetti alla ricerca di una sigaretta superstite, «basta che vi sbrighiate a dirmi cosa volete e poi vi leviate dai coglioni, che per oggi ne ho avute abbastanza di assurdità.»

Recuperai un pacchetto di morbide abbandonate lì da chissà quanto e me ne accesi una, mi appoggiai allo schienale e misi i piedi sulla scrivania. «Sto aspettando,» dissi espirando il fumo. «Vogliamo riprenderci ciò che è nostro.» risposero in coro. «E dare una lezione a quello sporco gnomo e ai suoi cloni.» aggiunse il nano. «E ci serve il suo aiuto.» disse Algernon.

Chiusi gli occhi per godermi l'ultimo tiro, poi schiacciai il mozzicone nel posacenere. Guardai prima uno poi l'altro. «La mia tariffa è cento al giorno più le spese.» dissi. «Nessun problema, possiamo pagare.» rispose Algernon. «Allora consideratemi assunto.»

Ringraziamenti

Questo romanzo non avrebbe visto la luce se subwayletteratura.org nel 2012 non avesse pubblicato il mio racconto su Carpenter - Il Cavaliere Rozzo - nei suoi libretti in distribuzione gratuita e il Comune di Treviso non avesse deciso di premiarmi con una targa proprio per quel racconto, quindi è a loro che va il mio primo ringraziamento.

Vorrei ringraziare anche Maurizio, il mio insegnante ai corsi di scrittura dell'ARCI, per avermi "costretto" a lavorare con metodo, e tutti i "miei compagni di classe" per le interessanti discussioni.

Ultima in ordine di menzione ma prima in importanza, Valentina, per aver sempre creduto in me, per avermi spronato ad andare avanti, per aver letto i miei indecifrabili manoscritti e perché è la più brava copertinista del mondo!

Ti è piaciuto questo libro?

Nativi Digitali Edizioni pubblica testi di autori italiani emergenti in formato digitale e cartacei in print on demand, il nostro è un mercato di nicchia, non disponiamo di budget importanti per investimenti pubblicitari e quindi facciamo affidamento anche alla buona volontà dei nostri lettori per farci conoscere. **Vuoi sostenerci?** Hai diversi modi per farlo:

- Scopri gli altri ebook dal catalogo sul **nostro sito www.natividigitaliedizioni.it** e acquistali dallo **store** che preferisci
- Lascia una recensione onesta nella store dove l'hai comprato
- Seguici sui nostri **canali social**
- Se il libro che hai appena letto ti è davvero piaciuto e ritieni che meriterebbe più diffusione, **parlane** ai tuoi amici lettori, oppure sui forum e gruppi di appassionati.

In ogni caso, ricorda: non farti prendere dal panico e, ovunque vai, porta con te un asciugamano.

Indice generale

www.ingramcontent.com/pod-product-compliance
Lightning Source LLC
LaVergne TN
LVHW040131180726
843489LV00005B/1698